屋久島、そして雲ノ平へ

小梨里子
Konashi Satoko

幻冬舎 MC

屋久島、そして雲ノ平へ

はじめに

みなさんは、テレビを見ていて、街角中継や、お天気中継が映ったとき、どこに注目されますか。中継をしているアナウンサーの顔でしょうか、それともその人の服装でしょうか。

私は、アナウンサーの顔を見たあと、すぐに背景に映る景色に注目してしまいます。

あの後ろに見える木はなんだろう。ケヤキかな、エノキかな？　あ、山の半分は植林だな、とか。

学生時代から、自然が好きでした。

なんの力もお金もない中学生の頃から、行ってみたい山や、景勝地の名前をノートに書き連ねては、まだ見ぬ景色への憧れに胸を躍らせていました。

この本は、そんな私が人生の色々な経験を経て、憧れの地にたどり着くまでの体験記です。

目次

ちょっと変わった少女時代

自然が好きだった。木や花、星や川、山を見るのが好きだった。中学の頃、帰り道のなんでもない背の高いイヌマキの並木を尾瀬に見立て、私の尾瀬、なんて呟き、頭で足元に湿原があることを想像しながら歩くような中学生だった。憧れだけで、行くことすら考えられない年である。

私が育ったのは、鹿児島の南の田舎町。イヌマキのやたらと多い、平凡な田舎町だ。テレビで見る新緑の美しい林や、燃えるような紅葉の並木は見られない。なぜ見られないのか。住んでいるところによる植生の違いだと分かったのは、中学の頃だった。

そんな中、中学の図書室で一冊の本に出会った。工藤父母道《ふぼみち》さんの『ほろびゆくブナの森』である。それは、岩波ブックレットの小さな薄い本だった。表紙には、見たことのない黒いコケを纏った白い木がたくさん並んでいる。地面は雪に覆われていた。でも根元だけは、何故か雪が解けて黒い土が丸く見えている。見たことのないモノクロのその表紙の写真に、何故か私はとても惹かれた。借りて読んでみると、ブナというのは、人々や動物に多くの恵みをもたらす貴重な木であることが分かった。そしてそれが、大規模な伐採の憂き目にあっていることも分かった。こんなところに行ってみたい。でも東北か、遠いな。とにかく、照葉樹林帯ではなくて落葉樹の広がるところがいい。そんなところに行きたい。

なんの力もお金もない学生の私はただ憧れだけを抱いて、身近な自然を楽しみながら、中学、高校時代を友人たちと過ごした。

友人たちは、私の趣味を面白がっていた。それはそうだ。今考えると、休み時間にマタギの本を読んで「工藤光治さんてマタギはすごいよ」と言うのである。普通の女子高生ではない。

休みの日に私の部屋を訪ねた友人は私が日本の野鳥の鳴き声テープを聴いているのに驚き、次の日から私のあだ名を野鳥と決めた。それが転じてやちよになり、友人のお母さんなどは私の本名がやちよだと思っている人もいるらしい。

当時の私は、尊敬する人は根深誠（ルポライター・登山家）、北海道に行くのなら、東大演習林で森林学者のドロ亀さん（高橋延清教授）の教えを受けたい、と思うような人間だった。

しかし、私は自分が特別変わった趣味の持ち主とは思っていなかった。

友人たちの趣味も変わっていたからだ。

歌舞伎が好きな友人、大相撲が好きな友人、聖飢魔Ⅱが好きな友人、みんなそれぞれ個性的な趣味を持っていた。

クラスのおしゃれなグループの女子からは、「○○と愉快な仲間たち」とまるでムツゴロウ動物王国のように呼ばれ、毛色の変わったやつらだと思われていたようだった。

その中で自然が好きなのは私だけだったが、学校の行き帰りは聖飢魔Ⅱが好きな友人二人と時間をともにした。

困ったのは登下校中の会話である。聖飢魔Ⅱの話題に全くついていけないのだ。

私はあだ名は野鳥だったが、孤高の鳥ではない。普通に、友達と和気あいあい話をしながら帰る女子高生として存在したかった。

しかし、それができない。

孤独感にさいなまれた私は、友人からまるで興味のない聖飢魔IIのCDを借りることにした。彼女たちの会話についていくために。

自宅の部屋で聴いたその曲は衝撃だった。

私が好きな岡村孝子や、大貫妙子とは、まるで真逆の世界観。

聴いていて、暗い気持ちになる暗黒の歌。

それでも、私は友人関係を良好にするために『蝋人形の館』を繰り返し聴いた。

そして、日々は平凡に過ぎていき、進学を決める高校三年。

自然が好きだった私は、自然のことが学べる専門学校に行こうと思った。勉強はあまりできるほうではない。

その自然学校は尊敬するC・W・ニコルさんが関わっている学校だった。友人も「あんたにぴったりだ」と応援してくれた。

しかし、専門学校はお金がかかる。入学金の値段を見てすぐにあきらめた。うちにそんなお金はない。

なんとか私でも行ける公立の大学はないものか。

大学なら、長野の大学がよかった。私好みの森や川がたくさんあるところだからだ。しかし、それも成績を理由に断念せざるを得なかった。担任には「自分の成績をよく見てみなさい」と言われた。

しかしそんな中、進路指導の先生が「山梨の市立大学なら論文テストによる推薦ができる」と言ってきた。

成績はふるわないものの、本の虫だったせいか、論文だけは成績の良かった私に声をかけてくださったのだ。

山梨は良い。長野の隣ではないか。植生も似ているだろう。そこでいい。そんな理由で進学先を決めた。

思えば親のことは何も考えていなかった。自分勝手なものである。

その決定について、母が賛成や反対を言った記憶がない。今自分が親になってみて、もし子どもが郷里から遠く離れた大学に行くと言ったら、たとえ公立であっても、アパート代や交通費を思ってすぐには首を縦には振らないだろう。

しかもその頃、私の父は酒におぼれ、まともに働かなかった。その分、母は家業の弁当作りに加えて、下宿の仕事も増やし、生活費を稼ごうと必死だった。

私の進路についてゆっくりと話し合う暇などなく、ただ、可愛い娘の希望に応えようと毎日必死だったのかもしれない。

その証拠に、大学に受かっている！　と私が新聞での発表を告げたとき、母は調理場でただ、無言で立っていた。

喜ぶでもなく、悲しむでもなく、ただ何か考えているような顔をして立っていた。「ああ、これから益々お金がかかるなあ」と思ったのか、娘が遠く離れることを残念に思っていたのか、今となっては分からない。


とにかく私は山梨に旅立った。初めての本州での暮らしだ。


しかし、引っ越したそこは想像とは少し違った。大学のパンフレットには大学の遠く向こうに富士山が写っていたが、実際のその町からは富士山は見えない。パンフレットは航空写真だったから富士山が写っていたのだろう。

借りたアパートの周りの植生も、想像とは違った。赤松と杉の木が主で、落葉広葉樹林だらけ、というわけではなかった。

もちろん、車で足を延ばせばそういう植生の林はあるのだが、私には自転車しかない。漕いで行ける範囲でしか楽しめないのだ。


それでも、大学裏の楽山という小さな丘のような山には一部素敵なコナラ林があり、在学中はそこに幾度となく散策に行った。

一度その楽山を一人で歩いていたとき、野犬三頭に出会い、肝を冷やしたこともある。

地味な町ではあったが、水は美しかった。あれは富士を源とするのだろうか。とにかく雨でなくとも水路の水量が豊富で、小さな側溝も、大きな側溝も、豊かで澄んだ冷たい流れに満ちていた。落ちたら危ないだろうな、という危険さえ感じるほどの水量なのだ。

私は、もっと山梨の自然と触れ合いたいと思い、迷わず生物部に入った。生物部というとミトコンドリアとかを研究するのか、と思われがちだが、その大学の生物部は部員も少なく、やることといえば近隣の野山を巡って植物を観察するという、いたって気楽なもので、私の性にも合っていた。

そこで、先輩たちと富士の樹海に行ったり、三ツ峠に登ったりと、近隣の自然を大いに楽しんだ。

一度、富士の樹海で洞穴探検をしたあと、顧問の教授も交えて樹海の中の道でお弁当を食べたことがある。

すると、森の奥から地元の消防団らしき人たちが自死した人の遺体を運んできて我々の近くに置き、休憩を始めた。

青いビニールシートで覆われていたものの、遺体の前でお弁当を食べるのは初めてだった。樹海は本当に自殺の名所なんだと思い知らされた出来事だった。

日本一の頂へ

初めの頃こそなかなか友人もできず孤独感にさいなまれたこともあった大学生活だったが、徐々に友人もでき始め、部活に入ったこともあって、大学生活はとても楽しいものになっていた。

そんな中、友人がバイトの話を持ってきた。

聞けば、その友人は別の人と富士山の八合目の山小屋でアルバイトをする予定だったが、その人がキャンセルしてきたので、自分もやめる。そのかわり、山小屋に悪いので、誰か行ける人を一人でもいいから探しているのだという。

「日給九千円だよ」

と友人が言うので、

「行く」

と私は即答した。

日本一の富士山に行ける上に、そんな大金まで手に入るのだ。断る理由はない。

一人でも構わない。入学して初めての、一九九三年、夏休みのことである。

不安はあった。自然は大好きだが、体力にはそこまでの自信はない。中学、高校と文化系の部活だったし、登山の経験も、たくさんあるわけではない。

つまり、初めての本格的な登山がいきなり富士山なわけである。

しかし、いきなり山頂に行くのではなく、八合目に働きに行くのだ。まあ、大丈夫だろうと、なんの下調べをするでもなく、トレーニングもせず、荷物の準備だけを始めた。

その当時、東京の国立には親戚のおばさんが住んでいて、東京に行った際には泊まらせてもらったり、一人暮らしの私を何かと気に掛けてくれていた。

富士山に二週間バイトに行くことを告げると、良いバッグがあるよ、と登山用のバッグを山梨まで送ってくれた。

それは、おじさんが使用していたというキスリングザックで、登山用具自体見たこともない私はその容量に驚いた。かなり使い込まれて年季が入っているが、たくさんの荷物が入る。おかげで二週間の生活に必要なものを余裕で入れることができ、準備万端富士へと出発した。


バスは富士の五合目に着いた。夏休みだからか、あたりは多くの人でにぎわっている。私は、ついていけそうな団体を探した。ルートなど調べもせず、これからどんな道が待っているかも分からない。

迷うのだけは避けたい私は、中学生くらいの男の子を連れた、高齢者も交ざった新潟から来たという家族の団体に声をかけた。人の良さそうな集団だったからだ。

「後からついていくだけなので、一緒に行ってもいいですか」

家族のおばさんは、少し戸惑いながらも許可してくれた。

初めのうちは、ゆるい登り。途中追い越していく馬に乗った人をうらやましく思いながら、徐々に高度を上げていく。行程は思ったよりもずっと長い。

新潟の家族と時おり離れそうになりながらも、どうにかついていき、七合目までたどり着いた。

その後もどんどん登り、いくつかの山小屋の前で休憩を取りながら、私は「なんだか頭が痛いな」と思い始めた。

まだかまだかとだんだん途方にくれながら、どうにかバイト先の山小屋に到着。

新潟の家族にお礼と別れを告げて、私は小屋に入った。怖そうな小屋の社長と、細身で笑顔の奥さんが迎えてくれた。

早速、「頭が痛い」と私が社長に告げると、社長は、

「今日は何もしなくていいから、すぐに寝なさい。明日から働いてもらうから。寝れば治る」

そう言って、寝かせてくれた。寝るところは、意外に広めの二段ベット。そこを奥さんと半分ずつ使う。

それに比べて、お客さんを寝かせるところは、ものすごく狭い。ぎゅうぎゅう詰めに寝かせられている。

その様子に、私は衝撃を受けた。人の足が自分の顔のすぐ横にあったりするのである。なんてことだ、山小屋って、こんな風なんだ……。

興奮冷めやらぬままどうにか目をつむり、朝起きると、頭痛はすっかり消えていた。

「じゃあ、働いてもらおうか」
山小屋での仕事が始まった。

主な仕事はお客さんの食事の世話や売店での販売である。確か、酸素が千五百円、ビールが六百円。山の値段にも驚いた。それでも品物はどんどん売れていく。登山客がとにかく多いのだ。日本人だけではなく、外国の人もどんどん登ってくる。囲炉裏に座って、お客さんの杖に小屋の標高を記した焼き印を押すのも仕事だった。

ふとんを干したり、ごみを捨てたり、トイレ掃除、やることはたくさんある。

途中、社長に
「もっと明るくないと」
と注意された。一人で行動するわりに、当時の私は内気で、接客にはまるで向かない性格だった。

その頃、政治の世界では羽田内閣が総辞職し、「自社さ」連立政権が誕生。村山富市社会党委員長が首相になったことが大きな話題となっていた。

売店でビールを売っていると、一人の外国人男性が近づいてきて「この政権交代をどう思うか」と私に聞いてきた。

はにかみながら「よく分かりません」と小さく答えた私に、その人は、
「シーイズシャイ」

と言って去っていった。

小屋からの景色は雄大で、晴れていれば眼下に山中湖が見える。雲が目の前を通り過ぎたり、壮大な夕焼けが幾度となく空をオレンジやピンクに染めた。

気温は、夏だというのにものすごく寒い。いつの間にか足の指に霜焼けができていた。

たいした防寒着を持っていなかった私に、奥さんが半纏《はんてん》を貸してくれた。赤毛のアンに憧れて、髪を三つ編みにしていた当時の私。

半纏姿で囲炉裏端で杖に焼き印を押す姿は、まさしく雪ん子のようだったろう。

奥さんはチョコパイが好きで、私も大好きだと言うとすぐに分けてくれて、バイト期間中、二人で囲炉裏の横に座りたくさんのチョコパイを食べた。お陰で、帰る頃にはずいぶん体重を増やすことになった。

バイト生は、ほかにもたくさんいて、途中で入れ替わることもあった。よしきくんという、社長の甥っ子らしき若い男の子も途中加わって、その見た目が自分の好みだったせいか、仕事に張り合いが出てきた。

もちろん失敗もした。

夕飯の海藻サラダにドレッシングをつけ忘れて出したりしたのだ。

お客さんは、何の味つけもないサラダを食べ終わっていた。出し忘れに気付いた私が謝りに行くと、そのお客さんは、

「素材そのものの味がしました」

と言って、笑っていた。

そんな調子の私なので、注意されることもしばしば。

しかし、そんな私に親切にしてくれた人たちもいた。高野山大学から来たお坊さんの卵の一行だ。

彼らは、高野山大学の合気道部に所属していて、毎年この小屋に働きにくるバイトの常連らしかった。

住み込みのバイトといっても、夜は自由時間もそれなりにある。暇を持て余す私に、お坊さんの一人、賢くんが漫画をたくさん貸してくれた。『X-ファイル』という超常現象のサスペンス漫画だった。

私はそれを読んだことをすごく後悔した。ものすごく怖い内容だったからだ。

「読まなきゃ良かった」

と賢くんに言うと、賢くんは笑って面白がっていた。

小屋の中にトイレはない。外にあるのだ。夜、引き戸の向こうは本物の漆黒の闇、冷たい強風も吹き荒れる中、宇宙人が来たらどうしようと恐怖におののきながらトイレに向かった。

手洗いの水も手が切れそうなほど冷たい。富士山は、暮らすには厳しいところだ。

一週間に一度、お風呂に入れた。従業員用の風呂があるのである。そんな経験も初めてだが、ここまで寒いと汗もかかないので、入らなくても全く平気だ。

働き始めてしばらくたった頃、社長が実家に電話をしなさい、と言ってきた。え、そんなことができるんだ、と思いながらも、私は電話を貸してもらった。記念になると思って、はがきは出したものの、山に入ってからはなんの連絡もしていなかった。携帯などまだ持っていない頃である。

「里子ちゃん？　ああ、ああ」

母が泣きそうな声で電話に出た。

「あんたがいなくなったような気がした」

それを聞いて、私はぐっときた。

「大丈夫、元気だよ。すごいよ。富士山は、何もかも、すごいよ」

明るく声を振り絞って、受話器を置いた。そのあと、目から涙がどっと溢れた。母の声を聞いて、緊張やらなにやら、一気にほぐれて、涙が止まらなくなったのだ。ホームシックになったのだろう。

急いで外に出て、涙が乾くまで下界の景色を眺めていた。

日々いろんなことがあったが、やはり空気の薄さによるトラブルは多かった。他の小屋のバイトの強者は下から郵便を運ぶ仕事もしていたが、うちの小屋の前あたりで顔面蒼白になって座りこんでいた。それが女の子だったりすると、「そんな仕事引き受けなきゃいいのに、なんで……」と思ったりもした。

ある日の夕方には、ポーランド人のおばさんが、やはり高山病でうちの小屋に倒れこんできた。

「これはもう、下山させるしかないです」

社長がそう言って対応していた。

女の子は免除されていたが、男の子たちは夜を徹した店番の仕事もしていて、朝眠ることもあった。

大変ながらも、日々は淡々と過ぎていき、いよいよバイトの最終日がきた。最後に山頂に登ってから、下山しようと最初から決めていた。

長く八合目に暮らしていたので、高所順応はバッチリだ。出発は夜中三時くらいだったろうか。

「これを着ていきなさい」

社長が、黒い法被を渡してくれた。

「それ着てたら、山頂でラーメン無料になるから」

そんな良い特権があるのか。私はお礼を言って出発した。

帰りにまた小屋に寄って荷物を取るので、身軽に出かけられる。

今思えば夜中にヘッドライトもしないで山に登るなんて考えられないが、とにかく当時の私は山に関して無知で、すべて適当で、何も考えていなかった。

他にもご来光を目指す客がたくさんいて、彼らの明かりのおこぼれをもらって登り続けた。

頭上には、ちらほら星が輝いている。

チリーン、チリーンと、前を行く登山客の鈴の音が暗闇に響く。

自分の呼吸の音と、耳元で少し鳴る風の音。

山頂に向かう、色とりどりのヘッドライトの明かりの列。

静かだ。

途中、ペースの遅い私は、明かりの列から離れてしまった。

そのまま進んだが、どうも道がおかしい。こちらではないぞ、と少し焦って、もと来た道を戻り、なんとか登山道に帰った。


息を切らしてようやく着いた山頂は、たくさんの人で大賑わいだった。

特に、山頂の山小屋の中は人でごった返していて、みんな肩を寄せ合って休憩したり、食事をしていた。

私はバイトの人を呼び止めて、

「蓬莱館から来ました」

と告げた。

ほどなくしてラーメンが運ばれてきた。明け方に食べるラーメンは、味は覚えていないが、温かさが嬉しかった。

太陽が昇り始めた。

登山客のおじさんたちが、おおー！　と歓声を上げ、あちこちで万歳の声や拍手が響く。

私は本当の山頂である、剣ヶ峰を目指して歩き出した。

しかし、風がものすごい。

山小屋の前は、それほどでもなかったのに、お鉢巡りに入った途端、ものすごい暴風にあった。ほとんど台風である。

なかなか前に進むことができない。あまりの暴風に、前を行く夫婦は座り込んでいる。

それでもなんとかお鉢を回り、剣ヶ峰に到着。

日本一の頂に立った。

おお、日本一の高さに立ったぞ。

嬉しさに顔がほころぶ。

富士の観測所も外から覗いて、少し下ると眼下にうっすら海が見えた。あれは駿河湾だったのだろうか。その海の上に、富士山の影が映っていた。

すごいところに来たんだなあ……。

私は素直に嬉しく、満足して小屋に下った。

小屋では賢くんたちが私の登頂を祝って迎えてくれた。

いよいよ小屋の皆とお別れである。

社長も奥さんも、みんな交えて、記念写真を撮った。一生の宝ものだ。

「ありがとうございました」

私が言うと、

「ありがとうね」

社長と奥さんが笑顔で答えてくれた。

「写真送るからね」

賢くんが言った。

何度も頭を下げて、私は山を下り始めた。途端に涙がどっと溢れてきた。お別れって、なんでこんなに泣けるんだろう。

ぐずぐずと鼻をすすりながら下り続けた。


下山途中でやっかいなことがあった。下りの地面が砂だらけで、靴の中に砂がどんどん入ってくるのである。

登山に関して無知な私は、その頃登山靴の存在すらまともに認識していなかった。もし知っていたとしても、まず買おうとは思わなかっただろう。なにしろ貧乏学生である。そんなお金などない。

靴は、商店街のスーパーで買ったような普通のシューズだった。

数歩歩いては靴を脱ぎ、たまった砂をざらざらーと落とす。また数歩歩いてはざらざらー……。それを一体何度繰り返したか分からない。もう靴下のままで下りたほうが速かったのかもしれないが、けがをしたらいけない。だんだんと暖かくなる空気を感じながら、私は靴を脱ぎ続け、富士山から下山した。


ようやく帰りの富士急行線に乗った時、思わず呟いた。

「空気が濃い」

体感として、空気がたくさんあることを感じたのである。いくら吸っても空気がある。なんて豊かな空気だ。

体も心なしか重い。

いろんな変化を感じながら、電車は私の大学のある町へと進んだ。

アパートのドアを開けると、私は片付けもそこそこに深く深く眠りについた。

途中、母からの電話が鳴った。

「はい、蓬莱館です」

私は電話に出た。

「あんた、下りてきたのね？　もうアパートにいるのね？」

のだろう。

私は、相手は母だと思ってはいるのだが、なぜか口は蓬莱館だと呟く。極度の疲労がそうさせた
「あんた、大丈夫ね？」
「蓬莱館だってば」

泥のように寝て、起きた後、私は山小屋に電話した。

「もしもし、蓬莱館です」

社長が出たのに、私は、

「あ、よしきくん？」

と黄色い声で口走ってしまった。嬉しそうに。声がよしきくんにそっくりだったのである。親戚
だからであろうか。

「はい？」

問い返す社長に、私は慌てて、無事下山したことを伝え、お礼を言った。苦笑いである。

私の壮大な夏休みは終わった。初めて手にした大金は、母と分け合った。内訳は覚えていないが、
母はとても喜んでくれた。

楽しい大学生活

それからの大学生活は、友人との交流や読書で徐々に充実度を増していった。

バイトは週末の短時間しかしなかったが、母が苦労して送金してくれていると思っていたので、とにかく真面目に授業をとろうとカリキュラムを組んだ。必要以上の単位を取り、読書にも励んだ。

地元の図書館にも足繁く通ったが、町に大きな本屋はなく、行きたいときは自転車できつい坂道を漕いで、隣町まで走った。


一度その坂道を必死に漕いで上がっているとき、自衛隊のトラックが私を追い越しながら、

「がんばれー」

と私に声を掛けた。

ちゃんとしたケーキを食べたくなったときも、離れたところにあるシャトレーゼまで自転車を漕いでいった。買いすぎないように五百円玉一つだけを財布に入れて。

苦労して買った一個だけのショートケーキはとてもおいしかった。

車もお金もないので山梨や長野の観光名所を回れることはほとんどなく、週末のバイトで貯まったお金は主に東京で使うことが多かった。


自然も好きだが、都会の魅力にも抗えない。特に本好きだった私は、東京の神保町によく通い、何時間でも足を棒にして古本屋を回っていた。

そこは、かねてから憧れていた所だ。神保町には、歴史に特化した本屋もあれば、自然系の古本を主に扱うところもある。東京でなければ出会えない魅力ある街に、私は夢中になった。

他にも東京には、魅力的なお菓子や食べ物が山ほどある。貯めたお金はすぐになくなっていった。山梨も長野も東京も、全部行き尽くすのは時間的にも金銭的にも無理だった。

二年生になると、ゼミの選択が始まった。

私は迷うことなく自然科学の植物学ゼミを選択した。私は理系の頭はからきしなく、大学で属していたのは文学部の中の初等教育学科。

でも初等教育の理科のゼミを選べば、植物について少しでも学ぶことができる。内容も理系の専門的な分野ではなく、あくまで初等教育の範囲内なので、どうにかついていけるのでは、と思ったのだ。

とにかく植物と関わっていたかった。しかも担当教授は部活の顧問の先生だ。選ばない理由はない。

迷うことなく第一回目の希望アンケートに「植物ゼミ」と書いて提出した。

ゼミを正式に選ぶ前には、地学、化学、植物学、と一応一通りそれぞれのゼミを体験する授業がある。

それぞれ授業で出された課題をクリアしないと、帰ることはできない。

まず化学の授業で、はなから私はつまずいた。数字に弱い自分には、ちんぷんかんぷんの課題だった。

同級生が、次々と式を解いて正解して帰っていく。私は泣きそうになりながら、最後は化学の教授に教えを乞い、どうにか終わることができた。

次は地学である。地学では、あらかじめ数ミリにカットされている岩石をさらに研いで、向こうが透けて見えるくらいに薄くし、それを顕微鏡で観察する、という課題だった。

力のある男子たちは、次々に石を薄くして地学の教授に合格をもらい、帰っていく。

ここでも私は落ちこぼれだった。研いでも研いでも、石はなかなか薄くならない。

運動経験の乏しい私に腕力はない。

このくらいでいいだろう、と思って教授のところへ石を持っていっても、

「うん、まだだね」

と言って突き返される。

一人、また一人と帰っていく同級生を横目に見ながら、ひたすら石を研ぎ続けた。またしても泣きそうになりながら。

合格をもらったのは、あたりがすっかり暗くなってからであった。

地学も化学もあり得ない。やはり植物だ。

改めてそう思いながら、暗い夜道を家路に就いた。

そして、科学棟の廊下に、ゼミの希望結果が貼り出された。

圧倒的に地学ゼミの希望者が多かった。植物ゼミ希望者は、私一人だった。

いいや、いいや、構わない。これなら自分一人で教授の教えを独り占めできるぞ。

その頃少し気になっていた男の子が地学を選んでいたのは残念だったが、私はその結果に満足していた。

地学を選んだ女の子が言った。

「地学の先生はね、生徒にめっちゃご飯を奢ってくれるらしいよ。ふふ」

私は驚いた。

どうやらそんなことがゼミの選択基準の一つになっているらしいのだ。これを学びたいから、という強い思いではなく、ご飯が食えるかどうか。なんてことだ。

その後、植物ゼミに入ったときも、別の驚きが待っていた。

大学に入る前、私は「きっと学生たちの中には植物に詳しい人がたくさんいて、たくさんのことを教えてくれるだろう」と思っていた。そこで私は多くのことを吸収するのだと。

ところがいざゼミに入ってみるとどうだろう。メンバーの中で、植物に一番詳しいのは自分だったのである。私自身も植物に関しては素人だ。たくさんの種類の植物の名前や種類を特定できるわけではない。

その私よりも、周りの同級生は植物の名前を知らなかった。

私が教授に質問された草木の名前を答えると、

「里子ちゃん、すごいすごい」

と言うのである。

私はショックだった。

誰か、知識のある人はいないのか。

部活の先輩にはある程度植物に詳しい人がいたが、バイトにあけくれているのか、滅多に姿を現さない。幽霊のような人だった。


ただ一度、その先輩が車で富士の樹海に連れていってくれ、林の中にひっそりと花を咲かせる細いフジコザクラを見せてくれたことがある。

「俺、これ好きなんだよね。こういう野生のは、数が少なくなってきてるみたいなんだけど」

そう言って先輩は、その細いコザクラの木を見上げた。薄い桃色の花が頼りなげで可憐だ。

その先輩に会えたのは、そのとき一度きりくらいのもので、その後彼がどうなったのかは分からない。


そしてゼミが決定したその日。

私はまたしても驚いた。地学を選んでいた同級生の多くが、植物ゼミに来ていたからだ。私が気になっていた男の子もである。

その中の一人になぜ地学をやめたのかを聞くと、ご飯を奢ってくれるのはいいものの、授業内容がとても厳しく、毎日夜遅くまで残るらしいことを知ったからだという。

なんてことだ……。

そうしてゼミ生活は始まった。私は誰よりも積極的に質問し、フィールドワークに出るときも、誰よりも教授に近づいてその教えを受けた。

鹿児島ではなかなか見ることのないフタリシズカ、面白いところに実をつけるハナイカダ、図鑑でしか見たことのない植物を見られて幸せだった。

教授も、私の熱意に応えたのか、「地元の教育委員会が行う巨樹探しに参加しないか」と誘ってくれたりもした。

私は喜んで参加し、秘密のカタクリの自生地を紹介してもらったり、巨大な栃の木を探して山に入ったりした。

山の斜面にひっそりとそびえ立つ栃の巨木は、それだけが圧倒的に太く、今も心に残っている。幹周りを数人がかりで計測した。

登山も少しではあるが楽しんだ。

登ったのは低山ばかりだったが、山梨の山はどこも素晴らしい。

好みのナラ類の林も豊富にあり、標高が上がると遠くに富士山も見える。素朴なコナラ林の向こう、連なる山々の彼方に姿を現す富士ほど素晴らしいものはない。その神がかった姿は、まさしく霊峰と呼ぶにふさわしかった。そんな山に、教授が何度か連れていってくれた。

あれは秋、大学近くの文台山だったか、御正体山だったか。

教授に連れられて登る途中に、見事な欅《けやき》の林があった。葉をすっかり落とし、幹はしっかりと太く、美しく並んだ欅。静かで、寒く、自分たちが足元で動かす落ち葉の音しかしない。先に進む教授と部活の仲間を気にしながらも、私はその静謐《せいひつ》な空間に魅了され、そこを離れがたかった。しばらく留まっていたいと強く思ったのを覚えている。今でもいつかは再訪したいと願う場所だ。

動物学の課外授業に参加して、近くの神社に棲むムササビを見たこともある。真っ暗な中、黒い物体が、すいーっと巨樹と巨樹の間を跳んでいく様は、とても愉快だった。

そうして美しい自然を時折満喫しながら、月日は過ぎていき、あっという間に卒業の日が近づいてきた。

卒業したらどうするか。

一応初等教育学科なので教員採用試験は受けたが、もともと教員への情熱は薄く頭脳的にも足りないので、あっさり落ちていた。

ゼミの教授が、あと一年大学に残って学芸員の資格を取れば、地元のネイチャーセンターの仕事を斡旋できるようなことを言ってくれたが、断った。

同級生もみんなそれぞれ地元に帰ると言うし、友達がみんないなくなる中で一人この町に残るのは寂しすぎたからだ。気になっていた男の子も、ふるさとに帰るという。

私は就職も決まらないまま、鹿児島に帰ることにした。

しかし、その前にチャレンジしたいことがあった。イラストの原稿持ち込みである。

私はどちらかというと多趣味で、絵を描くことも好きだった。

といっても、少女漫画のイラストのようなものである。

大学のときも、近くの小さな文具屋で、インクやペン、紙を買ってはせっせと描くのを趣味にしていた。

持ち込むならどこにしよう、〇〇文庫とかのイラストはどうだろう。

そう決めてから、毎晩夜遅くまで絵を描き、滅多にしない彩色もして、数枚の絵を仕上げた。

私は、持ち込みのアポを取ろうと、有名出版社S社に電話をかけた。

「もしもし……、あの、イラストの原稿を持ち込みしたいのですが……、〇〇文庫の」

「うちはSC社です」

「え」

なんと、私は間違えてS社のライバル社？　のSC社に電話をかけていた。

「す、すみません、間違えました」

冷や汗をかきながら、その後どのようにS社に電話をかけ直してアポをとったのかは覚えていない。

しかしその後、私は、本当にS社の編集室に絵を持ち込んでいた。

初めて見る編集部にきょろきょろしながら通された別室に座ると、ソバージュの長い髪をした、今で言う平野ノラさんのような女性が現れた。

オレンジ色のスーツを着たノラさんは、軽く私に挨拶して、私の絵を見てくれた。

「うん……、この絵はまあ、いいね」

ひと通り見た後、ノラさんはそばにあった雑誌のイラストページを開いて、私に見せた。

「これ、こういう線の太さ、ぱっと見て、印象的な感じ？　こういう力強さが大事なの。分かる？あなたの絵は、ほら……、線が細いでしょ？　これは、まあいいけど」

そう言って椅子に座り直し、足を組んで、煙草に火をつけた。ふーっと、煙が横に舞う。

都会だ、都会だ……。

私は圧倒された。私は上目使いにノラさんを見つめた。

「がんばってね」

私の持ち込みはそれで終わった。

頭を下げてS社を出たあと、私は満足感に満たされた。ルンルン気分で東京の街を歩く。

なんだかスキップしたい気分だ。なにかしらのアクションを起こせたことが、嬉しかったから。

たとえ挑戦が全くの不発に終わったとしても。

卒業まであとわずかという頃、最後に教授がゼミ生を全員東京の自宅に招いて、ご飯をご馳走してくれた。教授の奥様手作りの、フルコースランチである。どれもとてもおいしく、お腹がはち切れんばかりの量だった。最後のケーキに至るまで、すべて手作りだった。

良き友人と、温かく、親切な教授に出会えて、幸せな四年間だった。

ただいま鹿児島

一九九六年。就職が決まらないまま実家に帰った私を、両親は喜んで迎えてくれた。

「おかえり」

相変わらず酔ったような声で、嬉しそうに父が言った。

父は酒の飲みすぎで体を壊し、半分介護が必要な状態になっていた。

一日中、テレビの前に座って、時折酒を飲んでいる。飲ませないと大声を出して荒れるのだ。母も仕方なく、少しずつ与えていた。


自分にどうにかできることでもない。私は淡々と母の手伝いをするだけだった。

しかし、車の免許は取らないといけない。今後就職するにしろ、家業の弁当配達を手伝うにしろ、必要なものだった。弁当の配達は、その時はパートのおばさんに頼んでやってもらっていたのだ。

母は免許は持っていない。


私は自動車学校に入った。

教官はうちの父の知り合いのおじさんだった。私は、嫌な予感がした。

今でこそ生徒に丁寧な指導をするようになっているようだが、その当時の教官は生徒に厳しかった。

知り合いなら、なおさらである。

校内のコースですずめに驚いて急ブレーキを踏んだ私に、おじさんは怒った。

「ないかあ！」

「だって、すずめが……」

「すずめがないかあ！　お前んちは弁当屋やろがあ！　焼き鳥にして食わんかあ！」

こんな調子であった。


卒検も二回落ちた。落ちるたびに、四千円払って、次のチケットを買わねばならない。

教習所代は、母が出している。

三回目も落ちたとき、私はハンドルを握りしめて泣いた。

「なんで受からしてくれないんですか。お母さんにまたお金をもらわないといけない。お母さんは大変なのに、お父さんがめちゃくちゃで大変なのに！」

涙でひくひくしながら私は言った。

おじさんは、

「そげんゆたちい、こげな運転で通らすわけにいかんがあ！　お前の父ちゃんは、そげな父ちゃんでも、世界に一人の父ちゃんやろがあ！」

「あんなお父さん、嫌いだもん！」

ぼろぼろに泣いたまま、その日の教習は終わった。

トイレに行って鏡で自分を見ると、完全に泣いたひどい顔になっていた。

手のひらで顔をパタパタあおいで、少しまともな顔になってから、受付に次のチケットを買いにいった。

すると、受付のお姉さんが、ものすごく悲しそうな顔をして、私に言った。

「小梨さん……がんばってね……」

泣いたのがばれてる？　なんで？

私は動揺しながら、自転車を漕いで家に帰った。


そして、四回目の試験でようやく合格。

ものすごい重ステ（ノンパワーステアリング）の中古車を手に入れた私は、かねてから欲しかった司書の資格を取り、臨時採用ではあるが、就職することになった。

やっとまともな仕事に就ける。

私は嬉しかった。

毎日夢中になって働いた。


働き始めて間もなく、新任の職員は、地元の主な公的機関や新聞社に就任の挨拶に行くことになった。

その中の一つ、小さな新聞社の名前を見て、私はあることを思い出した。

そこは、父がまだ自由に動けていたころ、警察に一晩御用となったとき、唯一そのことを掲載した新聞社だったのだ。

確か、父は警察官に蹴りを一発お見舞いしたのだった。

私は、複雑な気持ちになった。

あれは、いつごろの出来事だったろうか。

父の酒に関する逸話はいろいろ数がありすぎて、私もはっきりしたことは覚えていない。

とにかく一晩警察に厄介になった父を迎えに行った母は、そのときいろいろと事情聴取されたと言っていた。

そこでは、おそらく私も知らない父との壮絶な出来事が語られたのだろう。

父は、人生で幾度か、酒で大きく落ち込んだときがあったと母は言っていた。母も辛かったと思う。

しかし、母は常に前を向く人だった。大変なことがあっても、それで悲嘆にくれて立ち止まることはしない人だった。

「里子ちゃん、ないごともな、負けてたまるか、ち思わないかんど」

母に幾度となく言われた言葉だ。

母は、警察に父のことを話し終わった後、まるで何かのドラマの内容を語っているような気持ちになったと言っていた。

話を聞いたお巡りさんは、

「立派なご主人じゃないですか」

と言ったという。

そう、父も、ただの飲んだくれではなかった。

まともに働いた時期もあったのだ。人の前に立つのが好きで、わがままではあるものの人の世話をやこうと一所懸命になることも多かった。

クラシック音楽を愛し、政治にも関心が高く、仕事が暇なときはパートのおばさんたちを連れてあちこち行楽に行くような人でもあった。

それが、友人の死であったり、立ち上げた商売がうまくいかなかったりと、失敗を重ねる度に酒におぼれるようになっていったのだ。

自然の良さを私に伝えようとしてくれたのも、父だった。

団子を包む葉を取ろうと、田舎の山に連れて行ってくれたり、春になれば古参竹（布袋竹《ほていちく》）取り、冷たい沢に罠を仕掛けた山太郎ガニ取り……。

どれも、今ではなかなか体験できない貴重なものだ。

その頃は酔って荒れる父が恐ろしく、一緒に行くのが嫌な時もあった。が、今思えば、なんて素晴らしい体験をさせてもらったことだろう。

私が小学六年の頃、地元に大雨が降ったことがあった。父が服を濡らして帰ってきてこう言った。

「そこの側溝にさ、ランドセルが見えたからよ、引っ張ったら子どもやった」

そう言って笑うのだ。つまり、人助けをしたと言う。

私は信じなかった。よく酔っぱらう父の言うことなど、信用できない。おおげさなほらだろうと思ったのだ。

ところが翌日、学校の朝の会の時、担任の先生が私に、

「君のお父さん、人を助けなかったか？」

と言うではないか。

「え、ああ……。多分」

あれは本当だったのか。私は驚いた。


そんな色々な思いがよぎる中、新聞社に挨拶をすませ、帰宅した。

「〇〇社に挨拶に行ったよ」

そう母に告げると、

「あん新聞社は父さんのことを載せたとこじゃ。他んところは載せなかったのに、あそこだけが記事を載せた」

と母は歯がゆそうに言った。

結婚、そして屋久島へ

私の仕事は主に一年契約で、声がかかれば同じところに数年は在籍できたが、だいたい一年で異動になった。

二つ目の職場で、今の夫となる人に出会った。夫は初め古風な印象を私に持っていたらしいが、私が星や植物、その他様々なことに興味があることを知ると、珍しさからか、からかったり、面白がるようになった。

倉本聰の本『ニングル』に影響を受けた私が、北海道の小人について力説すると、「やば」と夫は苦笑い。

少々頭の痛い子だと思ったようだが、好意を持ってくれたようだった。

趣味も生活パターンもお互いまるで違ったが、少しずつ惹かれ合い、交際することになった。

年齢的にも、お互い結婚を意識する歳。私は夫に、母には会ってもらっていたが、父には会わせなかった。会わせられるような人ではない、と思っていたからだ。

しかし、母がある日言った。

「お父さんが、里子の彼氏は、皇太子かなんかかって言っちょっど」

「……」

私は、夫を父に会わせることにした。

ある日の晩、父を前にして夫は言った。

「娘さんと、結婚させてください」

父は、酔ったような声で答えた。

「よかんも、よか」


このときのことを、あとになってから夫に聞いたことがある。

初めて私の父を見て、どう思ったかを。

夫は少し言いにくそうに、うーん、と唸った。

「きみが気を悪くするかもしれない……」

「いいよ、言って」

「可哀想だと思った。きみのこと」

「……」

それはそう思うだろうな。私は夫の横顔を見た。気なんて悪くしないよ。本当のことだ。私は黙って空を見つめた。


梅雨の合間の曇った六月の日、私たちは、式を挙げた。

式には、大勢の方が祝福に来てくれて、賑やかに執り行われた。

私は、友人代表挨拶を高校時代の同級生、かおるちゃんにお願いした。聖飢魔Ⅱファンの友人だ。

かおるちゃんは、

「いやあ、里子さんと結婚できるのは、マタギか、野武士くらいのもんだと思っていたので……。思ったより普通の人で、安心しましたー」

とスピーチして、会場を沸かせた。私は思わず、

「マタギなんて言っても、誰も分からないよー！」

と苦笑い。だいたい私は、なるならマタギの嫁ではなくて、マタギそのものになりたいんだから。

他にも、私の職場の先輩方が夫のところに来て、お酌をしながら次々に夫に言った。

「この人、小人のこととか言うでしょ？」

「里子ちゃんはね、少女なの！　チョウがふわふわ飛んでるの！」

「妹をお嫁に出す気持ちだよ」

話しかけられるたびに夫は爆笑し、

「君、職場でも小人のこと言ってたの？」

と肩を揺らした。

「ハハ……」

涙と笑いに包まれた、幸せな結婚式だった。

結婚後、我々夫婦は私の実家の隣町にあるアパートに住んだ。

しかし、二人での新婚生活は長くは続かなかった。

母が、転倒して足の骨を折ったのである。

その晩、母から苦しそうな声で電話が来た。

父を風呂に入れた後、部屋に父を戻して服を着せる際、床が濡れていて足を滑らせたという。

「骨が折れる音がしたと」

母に頼まれた父は電話のところまで這っていき、母に子機を投げて渡したらしい。

私たちは実家に急いだ。


母は、戸締りはしているが、調理場の高窓だけは鍵が開いていると言う。

夫が外から壁を登ることにした。

私は、外壁をよじ登る夫に言った。

「下りたとこには、でかい天ぷら鍋があるはず！」

「まじかよ。暗くてなんにも見えない！」

夫はどうにか鍋をよけて調理場に下り、中から鍵を開けた。救急車が来て、母は運ばれた。

大腿骨骨折。全治三か月の入院となった。


その間、私たちは実家で父と同居することにした。

いや、実は、一度父を「母が帰ってくるまでは」と思って施設にお願いしたのだ。

しかし、父はそこでなにかとても気に入らないことがあったらしく、親戚に「少しだけ外出したい」と嘘の連絡をして連れ出してもらい、そのあと施設には絶対に戻らない、と大声で騒ぎ始めたのだ。

これには私たちも参って、東京の兄にも電話で説得してもらったが、頑として父は聞かない。

「戻るくらいなら、おいは舌を噛ん切っど！」

と、そこまで言うのだ。


仕方なく、私と夫は、実家で父と暮らすことにした。


昼間は二人とも働いているので、ヘルパーさんを頼み、父の日中のお世話をお願いした。夜は二人で仕事帰りに落ち合い、母の見舞いをしてから実家に戻り、父の入浴や食事、排せつの世話、と忙しい毎日。

時間は、あっという間に過ぎていった。

その中で、やはり一番大変なのは、排せつや入浴の介助だった。

しかし、夫は、

「男同士だから、俺がやるよ」

と言って、それらの介護を率先してやってくれた。

これには、私は頭が上がらなかった。

職場の同僚にも、

「そんなことしてくれる旦那さん、普通いないよ」

と驚かれた。

そのことについては、東京にいる兄も気にしていたのだろう。

本来、子どもである自分たちがやるべきことを他人がしてくれているのだ。

一度、兄が夫の実家である離島に遊びに来た時、兄は夫のお父さんに頭を下げた。

「息子さんに、うちの父が大変お世話になりました」

と。

私は、それを聞いて、目に涙が滲んだ。

兄も、長男として、夫に申し訳ない気持ちでいたのだと分かったからだ。

お義父さんは、

「うちの一郎がなにか役に立ったんだったら、良かったです」

と静かに言った。

夫は、私たち家族にとって、婿、という前に、恩人なのだ。


三か月後、母は退院したが、足の調子はそれほど良くない。買い物や、そのほかの生活にはまだ支障がある。家業の弁当屋はやめることになった。

私たちは借りていたアパートを引き払い、実家に引っ越して、正式に父母と同居することにした。

それから五年後、私は長男を妊娠し、仕事を辞め、穏やかな生活を送っていた。

母の足もだいぶ回復し、いろいろできるようになっている。掃除や買い物は私が担当するが、毎日のご飯は母にお願いしていた。

なんといっても、弁当屋だったので、食べたいものを伝えると喜んで作ってくれるのだ。

そんな調子だから、私は新米主婦だというのに全く料理をしなかった。

私のお腹は順調に膨らみ、あともうひと月で出産を迎える、というとき、父が他界した。

寒い冬の夜だった。

父の様子がおかしいと、ある晩、母が叫んだ。夫と寝室に行ってみると、まさに父は息を引き取るところだった。

みぞおちが痛い、と小さく言ったあと、父は呼吸をしなくなった。

「お母さん！　救急車！　里子、人工呼吸しよう！」

夫は必死の形相で父に覆いかぶさり、私は夫に言われるがまま両手を父の胸に当て、押した。

でも、力が入らない。

混乱の中、私の頭には、このあと病院に運ばれて、管だらけになる父の姿が浮かんだ。

お父さん、今もう逝ったよ……。すうって……。起こすの？　起こしたらどうなるの？

つながれて、寝たきりになるだけでは……？

「どいて！　そんなんじゃだめだ！」

夫は私を押しのけて、一人で必死に人工呼吸をした。

しかし、父は戻らなかった。
私は、立ち尽くすだけだった。

葬儀には大勢の人が来てくれた。家が商売をしていた、ということもあるし、もう少しで孫が生まれるところだったのに、ということも多くの人が足を運んでくれた理由かもしれない。私の職場の人、夫の職場の人まで、たくさんの人が弔問に来てくれた。

そしてそのひと月後、私は長男を出産した。少し小さめの、元気な男の子だ。
三十八時間の難産だった。
陣痛で叫ぶ私の横で、夫は涙を流していた。
痛みの中で、私は「この人、いい人だなあ」と改めて感じていた。

一週間後、母子共に無事退院。
生まれたての長男を抱いて父の墓前に座り、母と共に泣いた。
見れなかったじゃん、お父さん、私の子ども……。
涙が止まらなかった。
ビデオカメラを回していた夫が、
「ごめん……」

と言って、カメラを畳んだ。


父の姿で最後に思い浮かぶのは、亡くなる二か月前、十一月頃の姿だ。

町のあちらこちらで、桃色の山茶花《さざんか》が咲きこぼれる天気の良い日。

父は車椅子に座り、母と共にリハビリの迎えの車を玄関で待っていた。

私はその横を通り過ぎ、安産のためのウォーキングに出かけようと靴を履いた。

父がなにかもごもご呟く。

「？」

私が振り向くと、母が笑った。

「父さんが、里子を早く入院させろち言っちょ。父さん、赤ちゃんは時期がこんと産まれんたっど？　まだ二か月もあっがね」

「……行ってきます」

父は、よどんだ目で私をじっと見ていた。私は、すたすたと外に出かけた。

通りでは、桃色の山茶花がこれでもか、というくらいに咲きこぼれている。

お父さんも、あんなになっても、少しは心配してるのかな、私のこと。

地面を埋め尽くす無数の花びらを見ながら、私は思った。


あの時の、私をじっと見つめていた父の姿がいまも記憶から離れない。

そして、それから怒涛の日々が始まった。

父が他界して間もなくだったこともあり、毎週の法要のほか、誕生を祝いに来てくれる人たちへの対応、遅れて父のお悔やみに来る人たちへの対応で、嵐のように忙しい日々。

慣れない育児にも四苦八苦。

子どもの世話の仕方で母と言い争ったり、慌ただしい日々が過ぎた。

それでも、母という最大最強のサポートメンバーのおかげでかなり気楽に育児ができたのはありがたいことだ。


それから二年後、夫の転勤が決まった。母と別れることになる。

私は、近所の人に「母を頼みます」とお願いした。


異動先は、屋久島だった。

特別な島

夫から異動先が屋久島に決まったと告げられたとき、私は思った。

「縄文杉が、呼んでいる」

屋久島はとにかく特別な島だった。

引っ越してすぐ、屋久杉ランドに行ったとき夫が言った。

「こんな島、ほかにある？」

白いなめらかな花崗岩に豊富な水の流れ。

周りを囲む杉は、どれも見たことがない雰囲気をもった立派さ、太さ。

どの景色を見ても、それまで見たことのない屋久島だけの景色だった。

鹿児島県だけど、鹿児島にあらず。

屋久島は、屋久島でしかなかった。実際、どこの県にも似ていない、属していないと今も思う。

住宅の周りを数キロ歩くだけでも、いくつもの小さな川がある。水量も豊か。本州で渇水が報じられようとも、まるで無関係な土地だ。

私は二歳になっていた長男を幼稚園のちびっこクラスに入れ、意気揚々と島を走り回った。

こんなすごい島に来たのに、家の中でトミカを握っている場合ではない。

それが本音だった。

しかし、幼稚園バスは三時くらいには帰ってくる。その時間までに行って帰って来られる場所は限られている。

おのずと、太鼓岩や屋久杉ランドなどに行くことになった。縄文杉の近くまで来ているのに、行けないもどかしさ。でも今私は、かの老木とつながった地に生きている。心の中で、縄文杉の気配を探りながら、毎晩眠りについた。

しかし、縄文杉まで行けなくともすごいところは山ほどあった。特に太鼓岩はすごかった。のんびり歩いても、二時間半ほどでたどり着くそこは、行ったものでないと分からない素晴らしさに満ちている。

広がる屋久島の森を見渡す岩の上に立つと、はるか遠くに宮之浦岳が見える。下からは渓流の音が、ごおお、と絶え間なく響く。

手軽に来られるので観光客はひっきりなしにやってくるが、足しげく通えば一人きりになれる時もある。

一度、山桜が咲く頃に行ったが、その時はなんだか夢を見ているような幽玄、夢幻の世界だった。あとからきたベテランのおじさんたちが言っていた。

「あちこち行ったけど、ここが一番だなあ」

屋久島は、里巡りも楽しい。点在する集落にはそれぞれ個性がある。昔は、隣の集落に行くのに船でないと行けなかったなんて、なんとロマンを感じる話だろう。

屋久杉の伐採の歴史や、岳参りの歴史を資料館で調べるのも面白かった。霧で煙る林道も神秘的で素晴らしく、一度屋久杉ランドから紀元杉まで一人徒歩で行ったこともある。霧に包まれた森からヤクザルの威嚇の声が響いた時は、心臓がどきどきした。

しかし、島の細かい道や川を探ろうとまだまだ動き回るつもりだったある日、二人目の子どもを妊娠していることが分かった。

想定外のことに、首をかしげながらもしばらくはおとなしくするしかなかった。

そして、次男が誕生したのをきっかけに私は度々母を屋久島に呼び寄せ、子育てのサポートをしてもらった。合間合間で島のあちこちも観光してもらうと、母はおおいに喜んだ。

それもそうだ。おそらく、父と結婚して以来、旅行などほとんどしたことがなかったのだから。私は母が旅ができていること自体が嬉しくて、いろいろなところに案内した。

しかし、母が帰ってしまうと育児は自分で頑張らないといけない。もともと子どもの相手があまり得意ではない私は、とにかくママ友をたくさん作ろう作戦に出た。

だいたい五人くらいの親しいママ友を作って、毎日誰かのところに出かけるのだ。会うところはどこでもいい。

育児の苦しさは、一人でそれを請け負うこと、他の大人と話せないことにある。五人いれば、日替わりで電話すれば誰か一人くらいは受け入れてくれる。

もちろん全員に振られるときは大人しく家で過ごしたが、家でじっとしているのが苦手な私は、子育てサロンや、ミュージアムなど、子どもと行けそうなところはどんどん行くようにした。

そうして、次男も一歳半を迎えた頃。

長男も通っていた幼稚園のちびっこクラスが一歳半から入れることを知った私は、次男をさっさと預けた。

兄が同じ幼稚園だったこともあり、次男はなんの抵抗もなく、あっさりと笑いながら幼稚園バスに乗った。

屋久島の第二ステージの始まりである。

宮之浦岳

まずは、宮之浦岳に行きたかった。縄文杉には心を寄せていたものの、あまりにも観光地化しすぎていて、すぐに行く気にはなれなかった。行程も、片道五時間だ。自分にはハードルが高い。同じ時間をかけるなら、宮之浦岳がいい、と思った。

雑誌で見かける山頂付近の様子は、それまで見たことのないものだったからだ。

しかし誰と行くか。それが問題だった。行き慣れた太鼓岩は行程も短いので、いつも一人で難なく行けていたが、片道五時間ともなれば話は違う。

屋久島の山は怖い。とにかく緑深く、奥行きも深い。遭難という言葉が、さもありなん、と思う様子をしている。

私が暮らしていた五年の間にも、一体何人の人が帰ってこなかったり、命を落としただろう。屋久杉ランドもルートによってはとても危険なところだ。ランドなどというテーマパークのような言葉で軽く考えていたら、怖いことになる。

私は、時期を待ってシャクナゲ登山に参加することにした。それなら、比較的お得なガイド料金で複数の人と登れるからだ。

富士山以来の、長い行程である。あの時は、若さだけで突き進める力があった。しかし今は、ウォーキング以外の運動をしていない四十のおばさんである。大学生活から、かれこれ二十年は経っている。

私は緊張した。

子どもは、夫が預かってくれる。でも自分の体力が大丈夫だろうか。

登山前夜、私は緊張でほとんど眠れなかった。

どうしよう、どうしよう、これから長時間登るのに、寝れなかった、寝れなかった……。

頭の中は、不安でいっぱいだった。寝れないで登ったら、どうなるんだろう……?


翌日、集合場所にガイドさんと私を含め四人が集まった。地元のおじさん一人、関西から来た女性が二人。ガイドさんは、小柄だが力強そうな体をしている。

それぞれ自己紹介して、登山がスタートした。

私が「昨夜はほとんど眠れず、不安だ」と言うと、おじさんが、

「大丈夫、宮之浦岳は、そこまで大変な山じゃあないよ」

と言った。

私はそれを聞いて、少しほっとした。


登り始めて間もなく、巨木がある。すでに深山、神秘的な雰囲気だ。

そして、私の息も早々に上がり始めた。日帰りなので、荷物はたいして重くない。防寒着で膨れているだけだ。それでも疲れる。

ところどころ、立ち止まってしまい、後続の女性たちに謝る。

「ウォーキングは、毎日してるんですけど……」

と私が言うと、地元のおじさんが、

「ただ平坦な道を歩いててもね、訓練にはならないよ。やっぱりある程度体に負荷をかけないと」

と言った。そうか、うん、そのとおりだ。納得して前に進む。

一時間ほどして、淀川小屋に到着。休憩を取る。

ここには、世にも美しい淀川が流れている。

水は澄んでいて、あたりの淡い黄緑色を写しながらゆっくりと流れる川は素晴らしい。

しかし、近くにあるトイレは悪臭がひどい。

でも、それに誰が文句を言えるだろう。このし尿は、人が担いで下ろすのだ。その苦労、労力たるや、想像もできない。

ガイドさんが、

「二十キロ以上はあるよ。若くて体力のあるやつでも、もう無理ってへたばるよ。賃金が高くても、本当にしんどい仕事だ」

と言っていた。

登山を繰り返していると、トイレがあれば当たり前のように私も使う。

しかし、その処理について本気で考えている登山者はどれくらいいるだろう、とも思う。

本来、山にトイレがあること自体、ありがたいものの、不自然なことだ。

山のトイレをすべて廃止し、自分の出したものは必ず自分で持ち帰る、という規則が全国できたら、おそらく登山者は一気に減るに違いない。まずは、女性の数が一気に減るだろう。残るのは、本当に山の好きな昔からの山男、山女だけになることだろう。

しばらく進むと、左側に憧れのトーフ岩が見えてきた。

初めてその姿を見たのは、屋久島の古い写真集。

どうしたら岩がこんな形にスライスされるのか、不思議でたまらなかった。まるで巨人が、大きな包丁で大きな岩のコッペパンを縦四つにスライスしたかのように見える。

しかもそれが、山の上に乗っかっているのだ。

本物のトーフ岩を見て、私は感動しきりであった。本物だ。本物だ。

そこを右に渡った近くの展望台からの景色も素晴らしかった。とにかく素晴らしいしか言葉が出てこない。

しばらく進んで少し下ると、花之江河《はなのえごう》。

高層湿原に、立ち枯れた太い白骨樹が立っている。見ていて思ったのは、過去に見たのが昭和感のある屋久島の古い写真集で良かった、ということである。画像があまりクリアではないからだ。

最近のカメラは高性能すぎて、画像があまりにもリアルだ。見ていると、もう本当に見てきた気分になって、現地に行っても新鮮味がない。

縄文杉などがそのいい例であろう。町のポスターや、お土産の包装紙、テレビCM、グッズ、どこもかしこも縄文杉で、もう、十分見た気分になってしまう。だから、私はなるべくそれらの画像はまじまじとは見ないようにしている。新鮮味がなくなるから。


幽玄さの漂う花之江河をあとにして、黒味分かれに来た。

この辺で、その人は道を間違えたのかな。

一体どう間違えてしまったのだろう。

しんとなる心持ちで、私はその狭い登山道を見つめた。


我々家族が屋久島に来て間もなく、遭難した若い男性がいたのだ。その人は、休みを利用して黒味岳に行ったのだという。

そのまま帰ってこなかった。

その話を聞いてから数日後、私は白谷《しらたに》雲水峡に遊びに行ったとき、捜索隊らしき一行に会った。まだ見つからないのか、と思った。何もできない自分が悔しかった。何か超能力でも使えたら、見つけられるのに……。

夜、布団に入るときも、私はその男性が今も暗い森の中に一人いることを思って心がざわついた。


黒味分かれから下ると、投石平《なげしだいら》だ。景色が少し開けた。

濃い桃色のシャクナゲが咲いている。しかもあちこちに。すごい。

「あと一週間もすれば、もっとすごいよ」

ガイドさんが言った。一週間後、もっかい来ようか……。心が呟く。

「ここはさ、開けてていいんだけど、日陰がないからさ、休憩にはちょっとね……」

ガイドさんが言う。

確かに、日をよけるところはない。でも景色が素晴らしい。とても気に入ってしまった。


その後、少し登ると登山道に水が流れていた。ちょっとした、川のような道だ。そんな道も初めてで、喜びが止まらない。

面白い形をした巨石も見えてきた。

人の形をしたものや、縦に亀裂の入った巨石、翁岳《おきなだけ》の岩も、とても面白い。

周りは笹に覆われている。


雑誌で憧れた、あの緑の笹原の景色が広がっていた。

「あそこに見える翁岳《おきなだけ》はさ、先人が残した踏み跡が少しあったんだけどさ、笹に覆われてね。以前、行こうとしたら、少しの距離でも十五分かかったよ」

ガイドさんが笑って言う。

近くで鳥が鳴いた。すごく近い。笹の中だ。

「ミソサザイだ」

ガイドさんが教えてくれた。

宮之浦岳まであと少し。

見るものすべて珍しく、どうにか上がってこられたが、ここにきて私はだいぶ疲労が溜まってきていた。

スピードもさらに落ちてきたので「一番後ろから行きたい」とガイドさんに頼んだが、断られた。

一番遅い人が、先頭で行くべきなのだという。

「そんなの、プレッシャーだなあ……」と思いながら、ひたすら進んだ。

宮之浦岳まで、あともう少しの栗生岳《くりおだけ》も素晴らしいところだった。


そして、ついに宮之浦岳に到着。

空は快晴。

安堵感と疲労でヘロヘロになりながら、とりあえず岩の上に座り込む。

山岳信仰の祠《ほこら》にもしっかりお参りしたいのだが、もう一歩も動きたくない。

ガイドさんが言うには下りも同じくらいの時間がかかるので、そこまでゆっくり休憩はできないという。

帰りの苦労を思いながら、ぼうっと、昼食をとった。

ふと右側を見ると、向こうに気になる山が見える。

とても惹かれる山容だ。

「永田岳《ながただけ》だよ」

ガイドさんが教えてくれる。

あれが永田岳。

なんていい山だ。一目惚れした。とにかくここから見えるその姿は素晴らしい。


あそこにも行きたい。

そう強く思った。

ここからいつまでもその永田岳を見ていたかったが、下山開始の時間だ。


下山を開始してまもなく、私はちょこちょこ立ち止まり始めた。疲労がかなり溜まっていた。途中、小さな沢のところでガイドさんが、

「ここの水を飲むといい」

と指し示した。飲むと、ものすごくおいしい。

五月とはいえ、天気も良く、大量に汗をかいた後のその沢の水は、癖もない喉に染みいるうまさだった。


しかし私はその後、限界を感じ「少しでいいから座らせてほしい」とガイドさんに頼んだ。

座り込む私に、ガイドさんが、

「これはエネルギー切れだよ。これを飲みなさい」

と言って、アミノ酸ゼリーを差し出した。

お腹がすいているわけではなかったので私は断ったが、ガイドさんはゆずらなかった。

仕方なく無理して流し込み、立ち上がると、ガイドさんが私の荷物を持ち上げて言った。

「軽っ！　何これ。膨らんでるから重いかと思ったけど、めちゃくちゃ軽いじゃん」

私は苦笑いした。

「いや、あなたにもプライドあるだろうから、声かけを迷ったんだけどさ、もう、持つよ」

そう言って、私のリュックを持ち上げた。

他のメンバーの手前、申し訳なかったが、言葉に甘えることにした。

「ガイドさんは、何時間ぐらいで宮之浦岳に登れるんですか」

と私が質問すると、

「うーん、二時間半くらいかな」

と言うので驚いた。

「トイレは？」

と聞くと、

「そのくらいで帰れるわけだから、行く必要がない」

と言う。

すごすぎて、言葉が出ない。


そうしてどうにか下山。

イベント記念の杉の鍋敷きなどをいただいて、メンバーにお礼を言い、家路に就いた。

痛んだ足をお風呂でもみながら、私は一人脳内反省会を開いた。

人に荷物を持ってもらうなんて、情けない。トレーニングがまだまるで足りないんだ。

私はネットで、手と足につけるおもりをポチっと購入した。といっても、軽めのものだ。

ウォーキングは、これからはこれを付けてやろう。

日常でも、私はおもりを付けて掃除機をかけたり、茶碗を洗うようにした。

息子たちは、面白がって自分も付けたい、と言った。

ちょっとだけだよ、と渡しながら次の休日には黒味岳に行こうと心に決めていた。

満開を迎えるシャクナゲたちを、もう一度見に行くのだ。

黒味岳

宮之浦岳は少々情けない結果になったが、それでも少しの自信にはなった。それは、前日寝ていなくても人は山に登れるのだ、という自信だ。荷物は持ってもらってしまったが……。


数日後、私はよく行く町の図書館のお姉さんに宮之浦岳登山の話をした。

すると、お姉さんも宮之浦岳に登ったことがあるという。

とても細身のお姉さんだ。きつくなかったですか、と尋ねると、

「最後、歩けなくなって、旦那さんにおんぶしてもらった」

と言うので驚いた。

旦那さんは何という力持ちであろうか。ちゃんとお会いしたことはなかったものの、写真で見る限り、旦那さんはそこまでマッチョな人には見えない。

愛がなせる技のすごさを感じた。


そして、私は週末の黒味岳登山に息子の幼稚園のママ友さんを誘うことにした。東京から島にお嫁に来て、長年屋久島に住んでいるものの山にはあまり行ったことがないと言う。

基本ソロ登山が好きな私ではあるが、行ったことがある山域に誰かと行くのも好きだ。

一人でじっくり向き合う登山とは別の良さ、楽しさがある。

以前夫の上司の奥様を太鼓岩に案内したときは、べらべらおしゃべりしていたらあっという間に到着し、ソロで登るときとの時間の感じ方の違いに驚いた。

ちなみに余談ではあるが、そのとき無事上司の奥様と白谷登山口に戻ってきた瞬間に、幼稚園か

から電話が鳴り、

「真くんの頭にシラミがいるようなので、早く迎えに来てください」

と言われたときは、楽しかった気分が一気に吹き飛んで肝が冷えた。

あはは、と奥様に苦笑いでその旨を報告しながら、内心動揺して峠を車で飛ばした。そのとき車中でラジオから流れていたのは、クマムシの名曲『あったかいんだからぁ♪』だった。

話を黒味岳に戻そう。

黒味岳登山を共にするママ友さんは、名前をかえさんという。黒味行きを楽しみにしてくれたものの、かえさんの子どもたちはそうではなかったらしい。三人の子どもたちは、いつも家にいる優しいお母さんが山に行くことをとても不安がったそうなのだ。

子どもたちも、屋久島の山の怖さをなんとなく感じていたのだろう。

登山前日の夜、子どもたちはかえさんに抱きついて、

「お母さん、必ず無事に帰ってきて」

と言って涙を流したのだという。

それを聞いた私は、なんだか悪いことをしているような気分になったが、とりあえず出発した。

かえさんも、子どもたちと離れるのは久しぶりのようで楽しそうだ。

学生の頃スポーツをしていたかえさんは、そうではない私と違って、息も上がらずにすたすた登る。

私も、情けない結果だった宮之浦岳登山ではあったが、一週間前に登ったばかりだったので登山の体になっている。おもりを使ったトレーニングも功を奏した。

体が軽い。

途中調子に乗って走ってみたりして、かえさんにたしなめられる。でも調子がいいのだ。先週のヘロヘロ登山がうそのよう。

道もしっかり覚えているので、先週と違って意気揚々とかえさんに見所を案内しながら登った。

登山は順調に進み、難なく黒味岳の山頂に着いた。

またしても空は快晴。気候もちょうど良く、向こうには先週登った宮之浦岳も見える。

でも一番の目的は、そこから少し下りた投石平だった。

着くと、シャクナゲが一段と咲いている。そこらじゅう、かわいい、濃い桃色の花でいっぱいだ。

右にも左にも、シャクナゲの群落が風に揺れていた。

こんなところが他にあるんだろうか。夢を見ているようだ。

あとで知ったことだが、この年は二十年に一度のシャクナゲの当たり年だったらしい。

幸運に恵まれた登山だった。

お昼には、かえさんが家で焼いてきたという手作りパンを分けてくれた。

なんて素敵な女性だろう。私の昼ご飯といえば、夕べの残り物を弁当箱に詰めただけだ。

それでも、塩麹《しおこうじ》につけた鶏肉の残り物だったので、とてもおいしい。帰宅後、二週続けて山に行かせてくれた夫に心から感謝した。

椨《たぶ》川《かわ》集落

ここで、私が屋久島で住んでいた椨川《たぶかわ》集落を紹介しよう。とても小さな集落で高齢化率も高いところだが、人がみな優しく、住みやすいところだ。

私がいた頃は、子どものいる世帯が七軒ほど。若い人も少しはいて、そのなかには次男をとりあげてくれた助産師さんも近所に一人で住んでいた。

平均的な主婦と比べると山に入る回数の多い私だが、もちろんそれはたまにの話で、普段の生活を言えばスーパーと椨川散歩、受け入れてもらえるときは、ママ友宅訪問、時々子育てサロン、の繰り返しである。

集落は、少し山のほうへ坂を上がると、畑が広がり、そこから海が見える。

さらに上がると、薬に使うガジュツという植物を育てる段々畑が広がっている。

そこでは、年に数回、草払いや、ガジュツの植え付け、収穫などが、集落のみんなで集まって行われる。

私も次男が二歳くらいになると、何度か参加させてもらった。

お目当てはその段々畑から見える海の景色と、休憩時間に出されるお茶請けである。

婦人会の方の手作りの地元のさば節と、高菜をあえた漬け物がとてもおいしいのだ。

それを食べながら、海を眺めるのはとても良い気分だ。

ガジュツの収穫では余計な根っこを包丁で切り落とす作業もある。私が持っていった包丁を近所のおじいさんが、

「切れん包丁」

と言って、研ぎ直してくれた。帰ってから野菜を切って、その切れ味に驚いたものだ。

我々が住んでいたのは公営住宅で、けっこうな年季が入っている。

後に新しく取りかえてもらったが、住み始めた当初は玄関のドアもぼろぼろで、閉めるたびに鉄のくずが落ちるようなドアだった。

玄関の前は舗装されていないじゃり道で、雨が降ると巨大な水たまりができる。

ある朝、「玄関が今日はいつもより明るいなあ」と思ったら、扉の下のほうが腐食して穴があき、そこから光が差し込んでいた。


そんな家なので、虫は入り放題である。

一番やっかいなのが、やはり、害が大きいムカデだ。梅雨の時期などよく部屋に現れ、叫びながら退治することになる。

そして、次に嫌なのがヤスデだ。実害はないものの、現れるとにおいがすごい。シアン系のにおいと言うのだろうか、何とも言えない、化学物質系のいやな臭いがする。

小さいので、数も多い。これはけっこう一年中いる。

そして、年に一度、これも梅雨の頃、羽アリが大発生する。

屋久島での初めての梅雨の時、夜に気付いたら部屋の中に大量の羽アリが入りこんでいたことがあった。

これも害はないものの、数が多いので気持ちが悪い。

聞いた話では、一湊《いっそう》に住んでいた人はあまりの羽アリの多さに、部屋の中で傘を差したという。

上から羽アリが落ちてきたというのだ。なので、梅雨の時期の夜、羽アリが現れて「今年も来たか！」と思ったら、さっさと電気を消して寝るのが一番だ。光に寄ってくるのだから。

カマドウマも、ゲジゲジも、屋久島で初めて本物を見た。

朝、コインランドリーに行ったときには、巨大な目の模様のついた蛾が壁に貼り付いていて、そのオレンジの羽の鮮やかさと不気味さにぎょっとしたこともある。

虫嫌いの人には、別の意味でたまらない環境であろう。

そして、椨川、という名前のとおり、集落には椨川という名の川も流れている。幅の広さも丁度良い広さで、水は澄み、夏でもとても冷たい。

頭上を覆う木の枝からは綱がぶら下がっていて、夏場は子どもたちの格好の遊び場になっている。もちろん場所によっては深いので、必ず大人が付き添わないと危ない。

私は、うだる暑さの日にはよく椨川に涼みに行った。なるべくエアコンをつけたくないからだ。岩の上にタオルを敷いて腰掛け、流れに足を浸すと、すぐに体中が涼しくなる。とても気持ちが良い。

ある夏もそうして涼んでいたら、川の向こう岸から細くて白っぽい蛇が、流れの上を、体をくねらせながらすいすいと泳いでいた。

幸い私のほうには来ないで反対の岸にたどり着いて、岩を上り木々の間に消えていったが、驚いた。

「蛇って川を泳ぐんだね！　初めて見たよ、びっくりした！」

そう知り合いのダイビングショップを営むママ友さんのところに行って告げると、彼女は、

「うん、蛇は泳ぐよ」

とこともなげに答えた。

よく、「子育てには、島は良かったのではないですか」と言われるが、屋久島の自然は強すぎるので、安心して子どもを放てるところではない。

本州でよく見るような遊具のそろった公園はあまりなく、近くの自然公園も目を離したら遭難しそうな環境の中にある。場所によってはヒルも多い。

住宅の前にはすぐ海が広がっていたが、そこに住むヤドカリがまたでかくて凶暴なやつだ。

つまり、屋久島は、大人が安全に気をつけて初めてどうにか楽しめる野性味溢れるところであって、幼児とほんわか過ごせるようなところは少ないのだ。

子どもと屋久島の自然を満喫するには、それなりの体力と子どもを守る用意が必要になる。私は技術も体力にも乏しいので、安全なところ以外には子どもは連れていかない。責任が持てないからだ。

都会から島に遊びに来て、事故にあう人たちもいた。自然は素晴らしいが、無慈悲だ。

それでも、人間優先で開発しまくった本州と比べると、人に甘くない屋久島の自然は現代では極めて貴重なもので、やはり、世界の宝というべきであろう。

あと、やはり現代の子どもたちの遊びはゲームだ。それは、都会でも島でも変わらない。どんなに自然豊かな環境にいても、親が意識して子どもを連れ出さないとせっかくの環境の良さと子どもは触れあえない。我が家も、そのバランスに今も苦戦中である。

ただ、島に住んでいれば、親が思い立った時にいつでも自然の中に案内できるというメリットはある。そこは大きい。

ある日、家の前に工事車両が入ってきて、驚いたことがあった。

トラックの荷台には、じゃりが山盛り積んである。後ろには、区長さんが運転するユンボも現れた。

トラックはうちの前に大量のじゃりを落とし、区長さんがそれをユンボでならしていく。

頼んだわけでもないのに、うちの玄関前の巨大な水たまりを気にしてくれていたのだ。

夫と私は、心から感謝した。実際水たまりができると、重い荷物を持ってそれをよけながら家に入るのに難儀していたし、次男がそこで水遊びをして私が叫ぶこともあったのだ。

椨川は高齢者の多い集落だが、行事も大切にするところだった。

なかでも愉快なのは、運動会だ。公民館横の小さなグラウンドで行われる。

屋久島では、どこの集落でも独自の運動会があって、どこも白熱するのだが、栫川は高齢者が多いのでのんびりしたものだ。

おじいちゃんもおばあちゃんも、運動会を楽しもうと張り切っていて、どこから借りたのか学ランまで着たりする。

それがとても可愛らしい。

うちの夫も、プログラムにいつのまにか「審判長」と書かれていて、開会式では注意事項を言うことになり、ありきたりのことを言うと、

「もっと面白いことを言わんか」

とやじられていた。

かけっこや、飴食い競争、上の畑を回って帰ってくるマラソンも競技にあり、どれか一つに出る度に、インスタントラーメンや、ティッシュ、バナナなどの景品がもらえる。

私は景品欲しさに、出られそうな種目はなんでも出るようにした。

十五夜も楽しい行事だ。だいたい始まる前は、氷川きよしの『きよしのズンドコ節』がかかる。『ズンドコ節』は、おじいちゃんたちのお気に入りなのだろうか。何かの行事のときには、たいていグラウンドに響いていた。

綱引きも独特のやりかたで、まずは、おじいちゃんの相撲甚句のような歌にあわせて、皆で綱を握って、右に左にゆらゆら動かす。

そして、おじいさんの突然の、

「はあ！」

と言う掛け声を合図に、綱引きが始まるのだ。

これは盛り上がる。

明るい満月のもと、波とおじいちゃんの歌を聴きながら過ごす十五夜はとても趣があるものだった。


そして、椨川は独自のお祭りも開催していた。グラウンドの横が、特産の山芋、屋久トロ工場なので、やまいも祭りという。

この山芋、粘りが強くてとてもうまい。

祭りでは、野菜の販売やフリマのようなものもあり、うちもベビーカーなどを寄付した。

そして、メインのお楽しみはエビのつかみどりである。近くで養殖しているエビを、子どもたちに捕まえさせてくれるのだ。これはとても楽しいイベントだった。


他に、毎週土曜日にはちょっとした朝市も婦人会の人が開く。

家のすぐ近所なので子どもたちにお使いを頼むと、たいていお菓子をもらって帰ってきた。私は婦人会の中でも、他界した祖母に似たよしこおばちゃんに親しみを感じていた。

臨月を迎えた私が大きなお腹でもたもたウォーキングしていると、

「乗せようか」

と言って車を停めてくれるし、何かと良くしてくれるのだ。

嬉しくて、私もケーキを焼いたときなどはよしこさんのうちに持っていったりしていた。

そんな風に日々の暮らしは穏やかだったが、なにしろ初めから五年住むと決まっていたので、もちろん時々は鹿児島に帰りたくもなった。

自然も好きだが、都会も好き。帰りたくなる。

しかし、家族四人、そうそう帰れるものではない。帰れるのは、盆と正月、夏休みくらいだろうか。車を二台とも島に持ってきていたし、なにしろ移動には費用がかかる。

コンビニスイーツやスタバが恋しくて、母に時々ローソンのお菓子などを送ってもらったりもした。

年に一、二度やってくるケンタッキーの出張販売にも必ず並んだ。

すごい行列ができるのだ。

しかし同じ転勤族の中には、月に何度も鹿児島と島を行き来する人たちも多く、気軽に行き来するその人たちをとてもうらやましく思ったものだ。

でも、中には離島が好きで、このままずっと離島暮らしでもいい、と言う友人もいた。正月も実家に帰らずに島で過ごす友人を見て、「自分はまだまだだなあ」と思った。

全国チェーン店では、唯一モスバーガーが安房にあり時々行っていたのだが、あることを知らないまま三年過ごした友人もいた。

よく行くスーパーのお肉コーナーのお姉さんとも親しくなって、帰省の話をした。

そのお姉さんは、島にお嫁に来たが、県外にある実家は両親が他界したことですでになく、帰るところはないという。

「だから、盆正月に帰るとこがある人がうらやましい」

と言っていた。

五年も住んでいれば、一緒に転勤してきた人やあとから来た人たちも、一人、また一人と鹿児島に帰っていく。ふつうの異動は三年ごとだからだ。

でも自分たちは、長くいられて良かったと思う。おかげで、屋久島の自然を思う存分満喫できたからだ。

途中出産もしたし、三年の任期だったならここまで山に行けなかっただろう。

それに、島にはおいしいお店もたくさんある。食パンや、お好み焼き、定食屋など、今鹿児島市内で暮らしていても、屋久島の上を行くものがあるかな、と思うことがある。

コーヒーだってそうだ。一湊にあった珈琲焙煎所のカフェラテは素晴らしくおいしく、これ、大きなグランデサイズとかないですか、など馬鹿な質問を店主の人にして、

「ないです」

と言われたりもした。

屋久島は、グルメでも、世界遺産なのかもしれない。

永田岳

さて、黒味岳の次は、永田岳である。

宮之浦岳から見えた、あの素晴らしい山容。

山深い奥岳である。

屋久島の奥岳は、普通は麓の集落からは見えない。

しかし、唯一、永田岳の麓、永田集落からは永田岳を望むことができる。


島にあるいくつかの集落の中でも、永田集落は特に好きなところだ。島には珍しい、田んぼが広がっている。近くにはそれは美しい永田浜もあって、毎年たくさんの海亀がやってくる。麓で冷たいみぞれが降った時は「奥岳には雪が降ったはず」と思い、永田まで車を走らせる。すると枯れた田んぼの遙か向こうに、雪をかぶった永田岳が美しくそびえているのだ。

里の景色と奥岳の雪化粧。

素晴らしい景色だ。


初めて永田岳の存在を知ったのは、宮之浦岳に登る前、地元の環境文化村センターで見たモノクロの映像だった。

白い山伏のような格好をした人たちが、山岳信仰の岳参《たけまい》りをする映像だった。道はとても急で、険しく見える。しかし雰囲気と景色が素晴らしい。行ってみたいな、と思った。

センターの人に聞くと、映像にあるのは永田集落からのルートで、実際とても厳しい登りだという。

やはり、宮之浦岳から行ったほうがよさそうだ。

しかし、誰と行くかが問題である。日帰りできないこともないらしいが、宮之浦岳からさらに進むのだ。行程はとても長い。

先日の黒味岳とはわけが違う。ママ友は、まず誘えない。かといって、一人では危険だ。だいたい皆宮之浦岳までは行くが、永田岳まで行く人はそこまでいない。

一人で行っても誰とも会えないだろう。行程が長いので、ガイドさんをつけるにしても高額になる。

どうしたものか……。そう考えながら、地元のスーパーで買い物をする日々が続いた。

しかし、ある日、スーパーで奇跡？　が起こった。

よく行くスーパーの野菜コーナー担当の人は、山さんといって夫の職場に関係する人だ。買い物に行くとよく顔を合わせるので、挨拶をしたり、地元の人なので島に関する質問を私がすることもあった。

そんな中で、山さんが、どうも屋久島の山に詳しいことが分かってきた。私が「先日登った宮之浦岳から見えた永田岳にものすごく惹かれている」と言うと、

「行きますか？」

と言ったのだ。

「え、いいんですか？」

私は驚きながらも喜んだ。土日ならいいと言う。早く出れば日帰りも可能らしい。私も、土日な

ら子どもを夫に預けられる。

聞けば、山さんは若い頃から山をやっていた、山男だった。屋久島だけではなく、本州のアルプスにも行っていたらしい。

私は喜んでお願いすることにした。


さっそくその日に向けて、いつも以上のトレーニングだ。椨川の山の上の畑や林道をがしがし歩いて回る。

畑仕事をしているいつも会うおじいさんから、大根を四本持っていきなさい、と渡された。これも重いので、トレーニングになる。

人っ子一人いない林道だが、時折新聞配達のバイクの人には会う。

「いつもなにしてるんですか」

と聞かれて、永田岳に行くためのトレーニングです、と答えると、配達員さんは、

「へええ、すごいですねえ……」

と言って、ブーンと去っていった。


そして、登山当日。

夜中の二時半に、山さんが車で家まで迎えに来てくれた。

あいかわらず緊張して眠れなかったが、気分はさわやかだ。宮之浦、黒味と二つの山に行けていたので、自信もついていた。

真夜中のお迎えに、夫は山さんに対して恐縮していた。夫が山さんに、

「すみません、よろしくお願いします」

と言うと、山さんは嫌な顔ひとつせず、

「いえいえ、行ってきます」

とあっさりとした笑顔で答えた。


峠の林道を、山さんは車をぐんぐん飛ばして登っていく。

私はびびった。

途中カーブにさしかかる前には、ビー！　とクラクションを鳴らしながらどんどん進む。

あたりは当然の暗闇。真夜中に対向車もないとは思うが、山さんのスピードに「これは登山口にたどり着く前に事故るのではないか」と不安になった。

しかし、車は無事淀川登山口に到着。


軽くストレッチをして、早速出発。

空はまだ暗く、月が出ている。暗闇の中をヘッドライトの明かりを頼りに進む。

森の奥で、なにか獣が叫ぶ。とても大きな鳴き声に、びくっとなる。

途中、山さんが、

「あれえ」

と道を引き返した。季節は秋。先日来た台風で木が倒れ、道が分かりにくくなっているらしい。

私は動かないようにして、山さんが迂回路を探した。

登り始めは私も元気で、山さんのスピードにもついていける。二人で黙って黙々と登った。

花之江河についても、まだ暗闇で、月の光が美しい。

しかし、投石平でようやく夜が明けてきた。寒いが、すでにたくさんの汗をかいている。


道の両脇の笹に付いた朝露で、服はだいぶ濡れていた。スピードも落ちてきたので、山さんは時折立ち止まって私が追いつくのを待ってくれる。

登山開始から四時間半。宮之浦岳に到着。

前回より、一時間も早く着いた。訓練の成果が出て嬉しい。

空はまたしても快晴。

しかし、今回はここからがメインだ。まだ先は長い。永田岳下にある、ローソク岩も見たい。早々に先に進む。

途中、山さんが「川の源流ですよ」と遠くを指さした。

何の川の源流だったか忘れたが、源流を見るのは初めてだったので、感動した。

そして、最後の登りを踏んばって、永田岳に登頂。

見上げる空は、怖いくらいに青い。群青色だ。

眼下には、永田の集落、そして大海原が広がる。

「実は宮之浦の港も見えるんですよ」

山さんが右側を指さす。

本当だ。いつもフェリーに乗る港が小さく見えた。

私のａｕは入らなかったが、山さんのドコモは電波が入ったので、家族に電話をかけた。

家族は、

「おめでとー」

と、登頂を喜んでくれた。

小さな子どもをほったらかしているのに、文句ひとつ言わず送り出してくれる夫に感謝した。


私には、永田岳でひとつしたいことがあった。

岳参りの真似事である。

あらかじめ、麓の永田浜で海の砂を少し取ってきていたのだ。

それを山頂の祠に供え、手を合わせた。

ここまで来ることができた感謝と、これからのことを祈った。


そこから下ること二十分、途中道が崩れてずり落ちそうになる悪路をすべり下りながらローソク岩が見えるところに向かう。

ここまで相当な時間と悪路なのに、途中少しの距離だがしっかりした木道があるのに驚いた。

こんなところに木道を作るなんて、なんという労力だろう。

ふと向こうの大岩を見ると、ヤクシカが一頭、岩の上に立って、こちらをじっと見ている。

神様のお使いのような佇まいに、思わずシャッターを切った。

その後、ローソク岩を目に焼き付けてから下山開始。

来た道を戻る。

永田岳を少し下ったところに小さな湿地のようなところがあり、そこで昼食をとることにした。

ここまでかかった時間は、七時間半。

なんとその間、山さんはほぼ飲まず食わず、トイレ休憩もしていない。私は、山さんに何度か待ってもらって、ちょこちょこおやつを口にしたというのに。

山さんはお湯を沸かして、果物をむいてくれた。ありがたくて頭が下がる。

山でガスでお湯を沸かすのは私の憧れだが、重さを考えていまだ実現したことがない。


その後、宮之浦岳に登り返したのが午後一時くらい。このあたりから、私はまた疲労がだいぶ溜まり始め、膝ががくがくになってきた。腰もきつい。

かなりペースが落ちてしまった。

花之江河に戻る頃には、日が少し傾き始めた。休憩を取りながら、心の中では今日一日のまとめに入っているのだが、ここから登山口まではまだ二時間はある。途方にくれる。

足の甲も痛い。

淀川に着く頃にはもう薄暗くなっていた。

周りに登山者は誰もいない。

早くヘッドライトをつけたいのだが、山さんが、まだつけないほうがいいという。足腰の痛さを訴えると、山さんは、

「まあ、自分で望んできてるわけだから」

と言った。そのとおりだ。踏んばらないと。

へろへろになりながら、ようやくヘッドライトもつけて、下山。


時間は午後六時半。なんと、朝から約十四時間も歩き続けていた。


山さんの車で、無事帰宅。夫が山さんにお礼のビールを買っていた。

山さんは、

「奥さん、がんばりましたよ」

と言ってくれた。夫婦で山さんに頭を下げると、山さんはまた風のように去っていった。

明日も山さんは仕事なのに、すみません、と思った。


後日、撮れた写真を地元の写真館に出した。

「良い写真が撮れていたら、富士フイルムのコンテストに出したら？」

と写真館の奥さんが言うので、永田岳で出会った、あの、岩に一頭立っていたシカの写真を引き伸ばしてもらって、出した。

結果、入賞にはならなかったが、返ってきた写真の裏を見ると、

「最終選考作品」

というシールが貼ってあった。

それだけでも、十分嬉しかった。


そして、屋久島の奥山縦走を終えた私にはふつふつとある思いが湧いていた。

とにかく屋久島の山はすごい、特別な山容だ。では、本州のアルプスは？　北アルプスはどんなとこなんだろう、屋久島とは感じが違うのかな、同じなのかな。

それを比べてみたくてしょうがなくなった。

しかし、島の生活はまだしばらく続く。

まだ行きたいところもいくつかある。

まずは、屋久島の山をもっと探ろう。


私は、次の目標を考えた。

太《た》忠《ちゅう》岳《だけ》

屋久杉ランドを登山口とする太忠岳《たちゅうだけ》には、地元の中学生たちと行った。太忠岳は、山頂に天柱石という巨大な長い大岩がのっかったすごい山だ。

長男の幼稚園のママ友さんが中学校の先生で、今度学校行事で太忠岳に登ると言うので、その話に私は飛びついたのだ。

「後ろからついていくだけにするから、全然気にしなくていいから、先行ってもいいから、後をついていってもいい？」

太忠岳に人が大勢登る日は、なかなかないチャンスだ。

私はこれを逃すべきではないと思った。

ちょっと迷惑かもしれなかったけど、登山当日、屋久杉ランドの駐車場に私は車を停め、目立たないように生徒たちと離れて小さく並んだ。

しかし、

「ええーと、今日は小梨さんの奥さんも、一緒に登られます」

と男の先生が生徒たちに言うので、私は恥ずかしくて肩をすぼめた。

「よろしくお願いしまーす」

生徒たちの元気良い挨拶に、あはは……と恐縮してぺこぺこしながら、登山開始。

登山口から見える天柱石は、はるか遠くに見える。

ほんとに今からあそこまで行くんだ、とわくわくと緊張で心がはやった。

元気な生徒たちは、ずんずん進んでいく。

私も、勝手知ったる屋久杉ランドなので、最初は遅れることなくついていった。

しかし、やはり年の差は大きい。徐々に生徒たちに離され、気の利いた男子たちが、

「奥さん、大丈夫ですかあー」

と遠くから叫んでくれる。

「だいじょうぶー！」

と私は苦笑い。

途中、天文の森という杉の美林に思わず足を止めて見惚れる。ここも良いな、なんて素晴らしい森だ。

嬉しい溜息をもらしながら進むと、ママ友先生も遅れ始めた。

「誰なの、こんな登山しようとか言い出したのは……。膝が痛い、待ってあなたたちー！」

と言って、生徒たちの笑いを取りながら、ゆっくり進んでいく。

私も、どうにか生徒たちについていき、無事山頂へ到着。最後の天柱石への入り口や帰りの回り道は分かりにくく、行事にのっかって本当に良かったと思った。一人だったら、たどり着けないで迷ったかもしれない。

天柱石からは、屋久島の深い森が見渡せる。

見上げる天柱石は宇宙船のようにそびえ立って、その存在感は圧倒的だ。

少し離れた林の中で昼食を取り、先生方にお礼を言って、私は一足早く下山した。
幼稚園のお迎えに間に合うように。

花山歩道

次の目標は、花山歩道だ。山岳雑誌で見たそれは巨木が立ち並ぶ原始の森の趣で、ぜひここにも行きたい、と思わせるところだった。

しかし、白谷雲水峡や縄文杉と違ってマイナールートなので、ガイドツアーも人数がそろわないと難しそうだった。もちろん一人で行くのはもってのほかの場所である。

私はスーパーに行って山さんを見つけると、花山歩道について質問してみた。

山さんは、ずいぶん前になるが行ったことがあると言う。

「その花山歩道にある、ハリギリの巨木を目指したいんです」

私が言うと、

「ああ、なんかそんなのがあったなあ、ミヤコダラ、ともいうんですよ、その木。行ってみますか？　仕事が休みの日ならいいですよ」

「うわあ、いいですか？　助かります。嬉しいです」

またしても山さんの親切に甘えることにした。

しかし、それはなかなか実行できなかった。

秋台風が、毎週のように屋久島に近づいてきて、なかなか天気が安定しないのである。

私はスーパーで山さんを見かけるたびに、

「また台風来ますねえ、今週もだめですかねえ」

と愚痴った。

かろうじて天気の良い週末も、山さんの仕事が入り実行できない。

私はちょこちょこスーパーに行って、山さんの都合を聞こうとうろついた。

しかし、そのうち山さんは店に現れなくなった。

もしかして、私がうるさいからバックヤードから見ていて、私が来ていたら出てこないようにしていたりして……、と思っていたある日。

「次の休みに行きましょうか」

山さんから電話がきた。

「ありがとうございますー！」

季節は冬、十二月になっていた。


その頃は島もだいぶ寒い日が続いていて、「もしかしたら、山は雪があるかも」と思った私は、初めて登山靴を買うことにした。

なんと、それまでの山は近くのスーパーで買った三千円くらいの普通のシューズで行っていたのだ。永田岳も、そのシューズで行った。

登りながら、うん、やはり買いたてのAコープの靴は違うわ！　と快適に思っていたが、登山靴の性能を知った今では、とんでもなく無知だったな、と思う。

とにかくその頃は「登山靴なんて高いものを買えるわけがない」と思っていた。

しかし、今回は用意せねばならない。

花山歩道が雪山だったとしたら、雪山に行くのも初めてのことだし、ないと大変なことになるだろうと思ったからだ。

私は、宮之浦にある登山用品を扱うスポーツ店に行った。ちょうど歳末セールをしていて、面白い催しもしている。二割引きとか三割引きとか書いたルーレットがあって、くるくる回るそれにダーツを当てれば大幅割引も夢ではない、という楽しい企画だ。

それで私は登山靴を二割引きで買い、ついでに旧モデルでセールになっていた大きなザックも購入した。日帰りの花山では使わない大きさだったが、いつかアルプスにも行きたかったので買っておきたかったのだ。


そして登山当日。

島の南を目指し、大川の滝近くから林道に車で入った。

それは、衝撃の道だった。

ものすごい悪路なのだ。

未舗装の道は半端ないでこぼこ道で、しゃべっていると舌を噛みかねない。がっくんがっくん車体が揺れるが、山さんは構わずどんどん進んでいく。

うちの乗用車ではとても走れない、山さんの四駆だからこそ走れる林道だった。

上下左右に揺さぶられながら、ようやく登山道入り口に到着。

軽くストレッチして、すぐに山に入る。

暗い森の中、急登を登る。

頭上を覆う枝から太い蔓が、ぐりんと面白い形をして垂れ下がっている。他に登山者はいない。

山さんが言う。

「こんなところで遭難しても、そりゃ誰にも分からないよなあ」

確かにそうだ。電波も入らないのだから。

どんどん進むと、足元に少し雪が見え始めた。

「あ、やっぱり夕べ雪が降ったんですね、山のほうは」

言いながら進むと、雪はどんどん増えてくる。

「登山靴を買ってて良かった……」と思っていると、森はますます暗く、木はさらに太いものに変わっていった。


「花山広場ですよ」

山さんが言う。雪で明るい広場に出た。

そこは、森の大賢者たちが集まった広場といおうか。黒く太い幹を持った巨木がいくつも立ち並んでいる。

あたりは一面の雪だ。静かで、吐く息が白く立ち上る。

「わあ……」

見とれていたいが、まずはミヤコダラを見てからまたここに戻ってこよう、ということになった。

さらに森の奥に進むと、山さんが、

「これじゃない？」

と一本の巨木を指さした。

「おお」

と私は答えたが、何か、違うような気もする。

山さんも、

「いや、やっぱり違うかな」

そう言って、また森の奥に進んでいく。山さんも、花山歩道は久しぶりすぎるらしい。

「これじゃない？」

そう言って、また別の木を指さす。

「ああ、おお、ええ……」

私も確信がもてない。

「いや、なんか違うか」

山さんはさらにどんどん進む。


足元を見ると、我々の進行方向に沿ってシカの足跡がずっと先まで続いていた。シカが案内してくれるのだろうか。不思議な足跡だ。

「なんで、登山道にシカの足跡がずっと続いてるんでしょう？」

私が聞くと、

「動物にとっても、登山道は歩きやすいからじゃない？」

と山さんが答える。

しばらく進むと、

「ああ。これだ。これだ」

山さんが言った。

「あ、ほんとだ。これだ」

今度こそ、目指していたミヤコダラだった。

「立派だなあ……」

山さんも感心している。

大人何人分の太さだろうか。真っ白な雪の上に、幹ごと大きくねじれたような太い樹形。天に向かって、その太い腕を何本も伸ばしている。

まさしく、花山の主だ。

「ありがとうございます。これが見たかったんです」

私は嬉しくて、幹の周りをくるくる回り、その大きさを確かめながら写真を撮った。

今回は荷物も軽かったので、ビデオカメラも持ってきている。山さんに回してもらう。

「わあ……わあ……すごい」

緑色の太い幹に手で触れながら、木への畏敬の念がこみ上げる。

良かった、会えて。ありがとうございます。

しばらく木と対峙して、私はその場を離れた。

花山広場まで戻ると、昼食を取ることにした。

近くの沢に山さんが水を汲みに行く間、雪と巨木の景色を独り占めして目に焼き付ける。

あたりは、しんとしている。吐く息は白く寒いが、心は満たされていた。

雪の中で湯を沸かすガスの音が嬉しい。


山さんに普段の休日は何をしているかと聞くと、釣りに行くと言う。

「この前はですね、岩場で釣っていたら、大きなサメが何匹もいてね、怖かったなあ……!」

と笑っていた。

屋久島は海もすごいんだなあ、と思った。


そして、夕方無事帰宅。

荷物を片付けていると、ふと、ビデオカメラがないことに気付いた。

しまった、落としたかもしれない。

どこでだろう。

私は焦った。下山の途中まではあったのは覚えている。

その日、私は普通のジャージパンツに、腰が冷えないようにとキルトの巻きスカートを巻いていた。

ポケットが深めの巻きスカートだったので、そこにビデオカメラを入れていたのだ。

いつでもさっと映せるようにと。

しかし、おそらく、倒木をまたいだ時に落としたのだろう。

私は、強い罪悪感に襲われた。世界遺産の森に、ビデオカメラのような土に還らない人工物を置いてきた罪の意識である。

しかし、また山さんに花山歩道に行ってくれ、とはとても言えない。

簡単に行けるところではないのは、今日でよく分かった。まず、あの林道が無理だ。

私はできることを考えた。

そこを通りそうな人にお願いするのだ。

ガイドさんである。

私は、宮之浦岳の時のガイドさんに連絡を取って事情を説明した。

「もし、花山歩道に行くことがあれば、少し足元に気を付けて見てもらえたら……」と頼んだ。

するとガイドさんは言った。

「そうか……。すぐにでも行ってあげたいけど、僕、今骨折してるんだよね……」

「え、そうなんですか！　大丈夫ですか」

「一応、他のガイド仲間にも伝えておくよ」

ガイドさんはそう言ってくれた。

私は、その後もう一人、同じ栴川に住むガイドさんにもお願いし交番にも届けた。

というのも、子育てサロンで仲良くしていたママ友さんが駐在さんの奥さんで、ビデオカメラの話をしたら「紛失届を出すといいよ」と勧めてくれたのだ。

そのママ友本人も育休中の警察官で、私は彼女に教えてもらいながら届出書を書いた。

「見つかるといいね」

ママ友さんが言ってくれた。

するとどうだろう。

一か月後、警察から連絡がきて、ビデオカメラが見つかったというのである。

見つけてくれたのは関東から来た登山客で、名前はアリオカさんというらしい。

それ以上は分からなかった。私は嬉しくて、同じ花山歩道を進んでくれたアリオカさんに感謝した。もちろん、ママ友さんや、ガイドさんにも。

カメラは壊れていたが、データは生きていた。

ミヤコダラと写る私が、雪の上で嬉しそうに笑っていた。

蛇《じゃ》之《の》口《くち》滝《のたき》

ここまで書いていて、蛇之口滝《じゃのくちのたき》のことをすっかり忘れている自分に気付いた。あんなにすごいところなのに、何故だろう。

秘境すぎるから、かえって記憶から抜け落ちるのだろうか。

蛇之口滝は、尾之間温泉から登る。

尾之間温泉は、地面から湧く温泉の上から、どしっと小屋をのせたような作りになっていて、足元からお湯が沸くとても珍しい温泉だ。

湯は熱めなので長湯はできないが、とても良いお湯。尾之間の住人は無料だというから、なんともうらやましい。

蛇之口滝には、珍しく夫と、夫の同僚二人も交えて四人で行った。子どもたちは保育所にお願いした。

実は、何故夫が一緒になかなか山に行かないかというと、子どもが小さいこともあるが、山が彼の趣味ではないことと、かなりの腰痛持ちであることに起因する。

次男が生まれて一年後、腰痛のひどくなった夫は手術を受け二か月ほど仕事も休んだ。

それから数年後、回復した夫はようやく、屋久島にいるのだから、と少し登山を始めていたのだ。

同僚のお二人は、実は一週間前にも蛇之口滝に行っていた。しかし、夫がその話を聞いて興味を示すと「二週続けて行ってもいい」と言ったらしいのだ。

もちろん私も参加させてほしいと、その話に飛びついた。


コースタイムは二時間半ほどと、そこまで長い行程ではない。

季節は秋。途中台風で崩れたところもあったが、どうにか通過。

行程で一番怖かったのは、川を渡るときだった。

川の中の大岩から大岩までジャンプして渡るところがある。

落ちたら水流の速い川に流されそうでどきどきした。とても子どもたちは連れていけない。


そして、滝に無事到着。

横に幅広い、見たことのない滝だ。大きく広がる岩のすき間から、絶え間なく水が流れている。

足元に広がる滝壺は濃い緑色で、まるで緑のバスクリンのようだ。

一目で魅了された。

滝を前にした岩の上で温かいお茶と弁当を頬張り、無事下山。

こんなところもあるなんて、やっぱり屋久島はすごい。すごすぎる。なんて奥が深いんだ。

そう言えば宮之浦岳を案内してくれたガイドさんは、大阪から移住した人だった。登山の休憩中に、屋久島の地図を広げて見せてくれたことがある。

そこには、今までガイドさんが登った屋久島の山に赤丸が付けてあった。すごい数だ。

有名な山から知らない山までたくさん丸をしてある。

「屋久島の山はほぼすべて登ったんです」

そう言って嬉しそうにしていた。

自分の故郷を離れてまで行きたいところが、この島には溢れているのだ。なんという奥深さだろう。


数日後、白谷に登る林道の入り口にあるお好み焼き屋さんに行った。

ここのお好み焼きは、とてもおいしい。この店を開いた理由を店の奥さんに聞くと、若い頃住んでいた京都でお好み焼きのおいしさに驚き、開業しようと勉強したのだという。

店の奥さんに私が蛇之口滝に行ってきたことを告げると、奥さんもかなり前に行ったことがあるという。

「その頃はね、滝を横から見られる道もあったのよ。でも今は木が生い茂って、見えないだろうね。昔の話だから」

そんな良い場所があったなんて。

そういえば、山さんも、ガイドさんも、翁岳も前は踏跡があって行ったことがあるが、今はもう踏跡はほぼ消えていると言っていた。

今は見ることができない屋久島の景色を知る人たちが、とてもうらやましい。

私は、家に帰り、古居智子さんが書いた『ウィルソンの屋久島』という本を開いた。

そこには、ハーバード大学に残されていたという、百年前の屋久島の写真がたくさん載っている。人の存在をはるかに超えたモノクロの巨木たち。

素晴らしい記録写真なので、一度、ぜひ見てほしいと思う。

子どもたちの屋久島登山

さて、大人ばかりが山を楽しんでいてはいけない。

せっかくの屋久島生活である。私は頃合いを見て、子どもたちを山に連れて行くことにした。

といっても、子どもの足でも割と簡単に行けるようなところである。

スタミナのある人たちは子どもを背負って山にも行くみたいだが、夫は腰痛持ちだし、私もスタミナがあるわけではない。全部自分で登ってもらえるようなところがいい。

そうなると、太鼓岩である。


卒園式のすんだ春休み、なんと明日は小学校の入学式、というタイミングで、友達家族三組と太鼓岩に行くことにした。

こういう登山は賑やかなほうが子どもも楽しいし、やる気がでる。

もともと泣き虫だった長男だが、木登りは得意だし太鼓岩なら何の問題もない。

友達と一緒に楽しく登る。

途中白谷小屋で長男をトイレに行かせて、無事太鼓岩に到着。

みんなで記念撮影をして、順調に下山していた。

しかし、春先で山はひんやりしていたせいか、長男がまた「おしっこ」と言い出した。

白谷小屋までは、まだ結構距離がある。

念のため携帯トイレやおむつを持ってきていたので、それにしてはどうかと提案したが「いやだ、トイレがいい」と言う。

「それなら急がないと」と、友人家族に先に行くことを告げ、二人で足早に下山する。

長男は、ものすごい不機嫌な顔である。

そして、もう少しで白谷小屋、というとき、長男は足元の石につまづいて転んでしまった。

「あ！」

しまった、もれたか！と私は思ったが、ぎりぎりセーフ。

なんとか小屋のトイレに駆け込んだ。

そして、その後みんなが来るのを、小屋の前で待った。

長男は、やはりものすごく不機嫌な顔で座っている。

その様子を近くにいた若い夫婦が見ていた。長男と同じくらいの男の子を連れている。

「何年生？　うちと同じくらいかな？」

ご夫婦の、奥さんが話しかけてきた。

「明日から一年生です」

私が答えると、

「明日入学式？　うちもや」

「あ、同じ年なんですか。え、そちらの入学式は？」

「うちも、明日入学式」

「え、どちらからいらしたんですか？」

「大阪」

「え、じゃあ、今から帰って、明日入学式？」

「そう」

なんて日程だ。入学式前日まで屋久島にいるなんて。うちも人のことは言えないけど。

そう思っていると、その奥さんが自分の荷物の中からお菓子を取り出して、長男の前で腰をかがめ、差し出した。

「これは、入学祝いやで。入学おめでとう」

まだ開けてもいない、箱のままのアーモンドチョコレートだった。

長男は黙って受け取った。

「あ、ありがとうございます」

私は驚いて、お礼を言った。なんて良い人だ。

長男の初めての登山は、苦い思い出と甘いチョコレートが混ざった思い出深いものになった。私の中で、であるが。


さて、次は次男である。次男には、屋久島をもうすぐ去るというときに山のデビューを飾ってもらうことにした。

次男はまだ三歳である。

登りが続いた場合、割とたくましい子ではあるが、さすがに抱っこをねだってくるかもしれない。それは避けたいので、のんびりハイキングのつもりで、荒川登山口から小杉谷集落跡まで歩いて往復することにした。

小杉谷集落は、昔屋久杉伐採に従事していた人々が家族で暮らしていたところである。

最盛期には大勢の人々が暮らし、郵便局や学校まであったらしい。

そこなら、平坦なトロッコ道を五十分ほど歩けばたどり着く。

簡単な道なので家族全員で行くことにした。荒川登山口に行くのは、私も初めてである。


活発な次男は、楽しそうにトロッコ道をどんどん進む。

途中通りの横に小さな滝が見えたり、沢の水が細く落ちてくるところがあって、なかなか楽しい。

長男のほうが「疲れた」と愚痴ると、次男は得意になってますます元気に歩く。

短いコースだが、屋久島の山の雰囲気は十分に味わえる。

そうして無事小杉谷集落に到着。

「ここに、昔、人がたくさん住んでいたんだね」

今は学校の掲揚台など跡地が残るだけの土地になってはいるが、人々の暮らしの残り香は今も漂っているように感じた。

なんだか栄枯盛衰というか、寂しい気持ちにさせられるところだ。

近くには清流の流れる大きな川がある。

大きな岩がごろごろあって、流れは割と速い。

私は、屋久島のこういう川には怖さを感じる。

もちろん浅い川も中にはあるのだが、深さもあって、エメラルドグリーンの透明感もあって、流れも速いところは怖い。

もし落ちて流されたら、足の立たない深みの中、大岩たちにばんばんぶつかって命を落とす様が容易に想像できる。

屋久島の栗生集落にあるシャクナゲ公園を流れる川など、自分にとっては直視するのもはばかられるほどの恐ろしさだ。

澄んだ水は緑色に深々と濃く、落ちたらさようなら、としか言いようのない深みに白い巨石が点在する。

私は屋久島を去ってからもその深い緑色の流れとそこに横たわる白い巨石の夢をみて、うなされたものだ。

足の立たない暗い緑の流れ、そして巨石の組み合わせが死を連想させて、恐ろしくなるのかもしれない。

この、人を寄せつけない景色もまた、屋久島の魅力の一つでもあるのだが。

ちなみにシャクナゲ公園の川は怖いが、公園に至るアプローチの細い道路は最高に好きなところだ。すぐ横を流れる栗生川が生まれるところが、はるか遠く山や谷に奥深く隠された景色が最高なのだ。あの景色の良さを分かる人はいるだろうか。


小杉谷集落でお弁当を食べたあと、また来た道を帰った。

往復約二時間。すべて自分の足で歩き通した子どもたちを褒めながら、帰路に就いた。

縄文杉

さあ、いよいよ縄文杉である。縄文杉に行ったのは、夫の仕事の5年間の任期が終わる三月だった。引っ越しの準備をしながら、の時期である。

本当に最後の最後に縄文杉に行くことになったのだ。

観光地化されすぎているから、とか、往復十時間かかるから、とか、いろいろあって最後になったが、やはり屋久島に五年も住んでいて縄文杉を見ないのは話にならないし、どんなものか、この目で見ないと島の生活は終われない。

メジャールートなので一人でも行けたが、やはり縄文杉は誰かと行くほうが良い気がした。

そのチャンスを与えてくれたのは、夫の古い知り合いの、あっちゃんである。

あっちゃんはもともと島の人だが、夫と仕事の資格を取るタイミングが同じで鹿児島市内で知り合ったらしい。

屋久島の南にある小島集落に住んでいることは知っていたが、なかなか会う機会はなかった。とてもパワフルな女性で、社会教育関係の仕事に従事し、家では山村留学の子どもたちも受け入れているという。

ようやくあっちゃんと会えたのは、島の南に延びるスーパー林道を歩く「歩こう会」でのことだった。あっちゃんは、その会の主催者の一人だった。

我々家族は四人で歩こう会に参加し、終わったあと、あっちゃんの家にお邪魔することになった。

あっちゃんの家は広いたんかん、ぽんかん畑を持っていて、その時は収穫の真っ最中だった。屋久島の柑橘類はものすごくおいしい。

広がるたんかん畑は、ひとつひとつの木も大きめでおいしそうな実がたわわに実り、ちょっとした桃源郷のように豊かな景色だ。畑の中には大きな花崗岩と思われる巨石が鎮座していて、子どもたちはそれに登って遊んでいる。

その庭で、あっちゃんは「焼きそばでも食べる?」と言って焼きそばを作り始めた。

土の上に並べたブロックの中で火を熾し、鉄板を置いて、慣れた手つきで焼きそばを炒めていく。私はあっけにとられた。すごすぎて言葉が出ない。人としても、生活者としても、自分とは格がまるで違う、と私は思った。

野外で火を熾して人をもてなすなんて面倒くさいことを、私ならまずしない。山村留学の受け入れも、また然り。普段の料理も島にいるときはそれなりに頑張ったが、なるべく楽をしようと思うほうである。

息子たちの幼稚園のお弁当作りも、初めは苦戦した。たまに変化をつけようと作ったおかずを幼稚園の先生に、

「真くん、あれを食べると、うえって吐きそうになるんです。あれを作るのやめたほうがいいかも」

とか言われる始末。

五年のうちにどうにかお弁当作りも慣れ、最後には幼稚園の先生に、

「小梨さん、最近お弁当作り上手になったよねーって、他の先生たちと話したんですよー」

とか言われて苦笑いしたこともある。

そんなことを思い出しながらいただいた焼きそばは、衝撃のおいしさだった。思わず、

「これ、どこの、なんていう麺ですか？」

と聞いてしまうほどだ。

「え、普通にスーパーで売ってるやつだけど……」

とあっちゃん。

あっちゃんに呼ばれてご馳走になっていた他の家族のお母さんも、そのおいしさに驚いている。

間違いなく、過去食べた中で一番の焼きそばだった。

野外で、鉄板で、たんかんの畑を見ながら……。おいしさの条件がすべて揃っていたのかもしれない。

そんな楽しい歩こう会から数日後、あっちゃんから、縄文杉へのお誘いが入った。あっちゃんは地元屋久島の山が大好きで度々いろんな山に行き、縄文杉にも何度も行っているらしい。

今回は山村留学に来ている子どもたちを連れて縄文杉に行くので、それに一緒に誘ってくれたのだ。子どもたちは、小学生から高校生まで来るという。

私は喜んで誘いに乗り、縄文杉に向かった。

いよいよ屋久島最後の登山である。

荒川登山口から出発開始。

子どもたちと順調に進み、子どもたちの足には敵わないと分かっている私は、途中の休憩を断って一人先に進んだりもした。

しかし、元気な子どもたちにはあっさり追いつかれ、結局、一緒におやつを食べたりした。

途中現れる巨木に見とれ、きつい登りを繰り返し、ようやく縄文杉に到着。

やはり、あまりにも多くの写真やポスターで見すぎていたせいか、実物を見てもそこまでの感動はない。縄文杉は、すっかり記念撮影のためのスポットになっていた。

間近に見られる屋久杉自然館の巨木の標本のほうが、自分には圧倒的に感じる。

感動したのは、むしろ、縄文杉に至るまでの道に点在する巨木とそれを育む森全体の景色だ。

縄文杉は、この森を我々に体感させてくれるために存在しているかのようだ、と思った。

縄文杉から少し後戻りして、昼食を取った場所も素晴らしかった。

こんな太古の森に抱かれて昼ご飯を食べることなんて、ない。

荘厳な雰囲気に、いつまでもここに一人で佇んでいたいと思った。

もし縄文杉がなくなったとしてもこの森の素晴らしさは変わらないし、変えてもいけないと強く思う。

あっちゃんのおかげで出会えた太古の森。

最後に素晴らしい体験ができたと、心から感謝した。

さよなら屋久島

次男を産み、家族皆を五年間育んでくれた屋久島ともいよいよ別れの時がきた。

私は粗品の洗剤を持って、近所に挨拶に回った。

いつも畑の周りをウォーキングするとき、野菜を分けてくれたおじいさんの所にも挨拶に行った。

「寂しくなるが」

おじいさんは笑って洗剤を受け取ってくれた。


高速船の出発ロビーには、たくさんの友人や夫の職場の人が見送りに来てくれた。

「またくるっしょ⁉」

五年間で一番私が入り浸っていた、ダイビングショップのママ友さんが笑顔で言う。

私はすでにいただいた花束を抱きしめて大泣きである。

そこに、栫川のおばあちゃんたちまで現れた。

「よしこさあん」

さらに涙が溢れる。おばあちゃんも泣いている。お年寄りに別れを告げるのは、ことさら泣けてくるものだ。

よしこさんは、

「また、来なさいね」

と言ってくれた。

「はいーー」

号泣する私と家族を乗せて、高速船は出発した。

夫が、

「よしこおばさんがね、転勤族の人たちは、いつの間にか来て、いつの間にかいなくなるけど、あんたんとこの奥さんは、わあわあ話しかけてくるから、良かったよ、って言っていたよ」

と言った。私はそれを聞いて嬉しくなった。

さあ、いつまでも泣いてはいられない。

新しい出会いが待っている。

夫の話だと、新しい職場の方々がこのあと着く港まで出迎えに来てくださっているという。

船のトイレで赤くなった顔や乱れた髪を整え、私は船を下りた。

夫も新しい出会いに緊張して、ネクタイを整えている。子どもたちは普通にすたすた歩いている。

しかし、そこには誰もいなかった。

「あれ……おかしいな……」

夫が、新しい職場に電話した。

「あの、あさってそちらに着任いたします、小梨というものですが……。今、港に着きまして……。それで……」

「ああ！　小梨さん！　すみません！　なんか皆忙しくて、行けなくて……！　今からでも行きましょうか？」

そう、スマホから声が漏れて聞こえる。

「いや！　いえ！　大丈夫です！」

夫が電話を切って、苦笑いしながら私に言った。

「じゃ、帰ろっか」

松本市立美術館名品展

鹿児島に帰ってきて住んだのは、市内の賃貸マンションだった。

母と再び実家で住めないこともなかったが、夫の職場からは遠く、夫の負担が大きい。母も実家を離れようとはしないので、私がちょこちょこ実家を訪ねることにして、鹿児島市内に落ち着くことにした。

屋久島の古かった狭い住宅での暮らしと比べると市内での暮らしは目新しく、私は毎日近所やスーパーのリサーチに余念がなかった。

大きな変化のひとつは、新聞に入ってくるチラシの量だ。当たり前だが、離島と比べると格段に多い。

それを見るのも楽しく、毎日いろんなスーパーのチラシや不動産情報を眺めては楽しんでいた。

その中で、私はとても気になる物件を見つけた。

その頃、家を持つことなど私は露ほども考えていなかった。

よく、離島に暮らすとお金を貯めて本土に帰ってから家を建てる人が多い、と言われるが、それは、島できちんと貯めた人の話。

私のように、車でしょっちゅうあちこちを巡り、他に行くところがないと毎日スーパーに行って買わなくてもいいお菓子を買い、挙句の果てには、自由時間を生み出すために幼稚園にもたくさんのお金をつぎ込んだ者には貯金などそうできるはずがない。

私自身働いていなかったし、家を買って借金をすることなど到底考えられなかった。

島を出る前に、同じく転勤で市内に戻るというママ友が帰ったら家を建てるんだ、と言うのを聞いて、すごいなあ、うちにはとてもとても……と思っていた。

ところがどうだろう。

そのチラシに載っていた素敵な物件を見た途端、考えがころっと変わったのである。

ここに住みたい。

そう思って、急に家が欲しくなった。

夫に相談すると、初めはとても驚いていた。

しかし、その時借りていた賃貸もどちらかというと高い物件だったので、夫は前向きに考えてくれたようだ。

「ごめんだけど、もっかい転校してくれる？　引っ越しするから」

私は小二の長男に言った。

「はあ……」

きょとんとした顔で息子は返事をした。

ほどなくして我々はローンを組み、市内に来て三か月でまた引っ越すことになった。

登山ではなく、三十五年ローンの始まりである。


そして数か月後、新しい場所での暮らしにも慣れ、日々は順調に過ぎていた。

しかし、実家の母の様子は常に気になっていた。なにかと怒りっぽくなり、気に入らないことがあると嫌味を伴った電話をかけてくる。

高齢の一人暮らし。

何かがあってはいけないと、私は週に何度も実家に走り、掃除や買い物を手伝って、母の話を聞いた。認知機能の衰えも、少しずつ感じていたのだ。

やたら米を炊いてみたり、物を無くしたと、捜し物をよくしている。

これは、益々実家に通わねばならない、と思っていた。


そんな中、私は山への恋しさを強く感じていた。鹿児島市内の暮らしは便利だが、自然には乏しい。足を下ろす場所は、ほとんどコンクリートである。

山に行きたい。本物の世界に戻りたい。

そう強く思うようになった。

特に、北アルプス地方への憧れである。屋久島で出会った、あの素晴らしい山容。

それと比べて、アルプスとは一体どんなところなのか。

優劣を決めたいわけではない。

ただ、純粋にどんなところか見たかった。

しかし、どうやってそれを実現するのか。

島でたいして貯金もしなかった上に、住宅ローンは始まったばかり。子どもたちの学校生活に、母のこともある。

アルプス行きは、なかなか困難なことに思えた。

何しろ、鹿児島からだと、遠いのだ、アルプスは。費用も時間もかかる。


そんなある日、息子が学校からある展覧会のチラシを持って帰ってきた。

それは鹿児島市立美術館で開かれる、松本市立美術館名品展という展覧会だった。なんて素敵なんだろう。憧れの長野の美術展である。自然の絵もあるに違いない。自然だけではなく文化芸術全般も大好きな私は、すぐに会場に赴いた。

展覧会は、素晴らしかった。美ヶ原やアルプス、草間彌生の個性的な絵など変化に富んだ内容で、名画に浸る喜びを存分に味わった。

いいなあ、長野は……行きたいなあ……ほんとに行きたいなあ……。

そう思いながら美術館の廊下を歩いていると、あるチラシが目に入った。

手に取って見ると、この展覧会の感想募集を知らせるチラシだった。

「感想を寄せてくれた人の中から一名様に、福岡発松本空港行きの航空券プレゼント」と書いてある。

これは、応募しなければ！

私は、そのチラシを家に持って帰り、すぐに感想をしたためた。

長野への、アルプスへの思いが溢れていたので、遠回しなことは書けず、想いをすべて直球で書いた。

展覧会は素晴らしかったこと、松本市をはじめとする長野は若い頃からの憧れの地であること、でも、今子育て中であること、親も一人暮らしで、世話が必要なこと、住宅ローンも組んだばかりであること、こんな中で、どうやって長野に行けるのか思いあぐねていること……。

思いっきりプライベート駄々洩れの内容だったが、とにかく思いの丈を小さなハガキにびっしり詰め込んだ。そして投函。


するとどうだろう。

ひと月ほどして、鹿児島市立美術館から電話がきたのである。まさか、と思った。

美術館の人が、

「この度は、素敵な感想をありがとうございます。つきましては、小梨様に航空券を進呈いたしたいと存じます……」

「うわあああ」

思わず叫んでしまった。

こんなことってあるだろうか。

嬉しくて、受話器を握りしめて、何度も何度も頭を下げた。

そして、受話器を置いたあと、久しぶりに和室の部屋でジャンプした。

「長野に行ける！」


新しい世界が始まるような気がした。

上高地までの長い道のり

航空券が当たってから、実際どこに行こうか考えた。

夫に話すと「その幸運はすごい」と喜んでくれた。せっかくなら、一週間ぐらい行ってきたら、と言う。

「もう、長いこと旅行なんてしてないでしょ？　お母さんは、僕らが見に行くから」

なんてありがたい夫だろう。私は言葉に甘えることにした。

そうと決まれば、まずは上高地をこの目で見ようと思った。遠すぎる存在だった上高地……。大学生だったとき、テレビでちらっと映像を見たことはあった。

うそみたいな景色……あんなところが日本にもあるんだ……。

でも、ものすごいお金がかかるにおいがした。なんといっても山岳リゾートというふれこみである。映像からは高級感が伝わってきて、見た瞬間金銭的に無理な気がして、思考からはずしていた。

その頃の友人が、彼氏と上高地に行ってきた、と報告してくれたことがあった。

そうか、彼氏がいれば上高地に行けるんだ……と思った。でもそのために彼氏を作るのはなにか道徳に反している気がしたし、恋愛に熱心でもない自分にそんな機会はなかった。

でもいまは航空券がある。一人でも行けるのだ。もちろんそれ以外の交通費や宿泊費はかかるものの、航空券が当たるという幸運はなかなかあるものではない。かかるほかの予算は自分が働いていた頃の貯金を使うことにすればいい。

夫は普段から家事や育児に協力的なので、子どもを預けて一週間留守にしても心配はない。

「行ってこーい」

夫はふざけて笑いながら、そう言ってくれた。彼は、私が東北や甲信越の自然に憧れていることを日頃から知っていた。

一人で行けるなんて夢のようだ。今でも初めての自然と向き合う時は、なるたけ一人がいいと思っている。

そして、上高地を見たあと登山もすることにした。登る山は、火打山に決めた。火打山は長野県ではなく新潟県に位置するが、長野県に近い。頸城《くびき》アルプスに属する山だ。山岳雑誌で見た、湿原に佇む三角屋根の山小屋が、とても素敵に見えた。そしてそこに広がる、水面が煌めく池・池塘《ちとう》。池塘も憧れの存在だ。そんなもの、鹿児島の山にはほぼない。池塘の広がる湿原を見てみたい。

行先は決まった。

券が当たったのは、十一月。行くとしたら、夫が長めの休暇をとれる次の夏休み。

私は夏を楽しみに、少しずつ準備を始めた。

そして、夏が来て、旅の手配を済ませた頃のある朝、掃除機をかけていたら実家の母のデイケア担当の人から電話が入った。

デイケアに迎えにきたけど、鍵が閉まっていて母が呼び鈴にも応えない、と。

母はその頃、認知機能の衰えが進んでいたので、デイケアに通うようになっていた。最初はなかなか行きたがらなかったが、私がどうにか説得して行くようになっていたのだ。

連絡がきた前の日も私は実家に泊まり、母の思い出話を聞いたばかりだった。

通報を受けた消防の人が入り口のガラスを割って入ったとき、母は倒れていた。

私は友人に子どもを預け、夫と共に病院へ走った。涙が溢れた。

駆けつけたとき、母は意外にも上半身を起こして、看護師さんにご飯を食べさせてもらっていた。

私は拍子抜けした。

でも、意識はうつらうつら、すぐ目を閉じてしまう。男の看護師さんに、

「ほら、小原さん、起きて」

とうながされると、口を開け、ご飯を噛む。

でも、また噛みながらも、うつらうつらしてしまう。

「ほら、娘さんだよ、小原さん！」

看護師さんが母の肩を叩く。

「お母さん、私だよ、分かる？」

尋ねると、母は少し笑って私を見た。あ、良かった、と思った次の瞬間、母は私に、

「美智子ちゃん」

と言った。

それは、私の名前ではなかった。母の姪の、美智子おばさんの名前だった。母は、完全に認知症になっていた。

母は、早くに親を亡くした美智子おばさんを小さい頃からかわいがっていた。

貧しくて服もろくに買えない美智子さんに、冬用のコートを縫ってあげたりしていた話を私はよく聞いていた。

私は涙が溢れた。私のことを忘れていたからではない。こんなぼろぼろの姿になるまで頑張ってきてくれた母を見て、涙が溢れたのだ。

前にも少し書いたが、他界した父は世話好きだったものの、大酒飲みで家事など一切することもなく、腹が立てば茶碗をはらいのけるような人だった。

私が小学生の頃、母はたまに私を連れて夜誰かの家で飲んでいる父を捜しに行ったものだ。おそらく強引に人の家に上がり込んで酒を飲んでいる父を。

人様に迷惑をかけては、と心当たりのある家を一軒一軒尋ね歩く。一人でそれをするのは辛かったのだろう。母は私を連れていった。

「すみません、うちのは来ていないでしょうか……」

申し訳なさそうに、人の家の玄関を覗く母の姿を今でも覚えている。

人生の後半、飲み過ぎがたたって、まるで動かなくなった父の介護をしながら商売を続け、私と兄を大学まで行かせてくれた。私は母が過労死するのではないかといつも心配だった。

そして父が他界してから十年。倒れた母は、左半身が動かなくなっていた。

医師の今後の見通しは、散々なものだった。

しかし、予想に反して、母は完全に認知になったものの、その後の容体は落ち着きしばらくは病院にお世話になることになった。

母のところに駆けつける途中、長野行きは無理かもな、と私はちらっと思っていた。

しかし、容体が落ち着いて数日経つと、行っていいのではないか、と思うようになった。

母は、それ以上悪くなることはなかったのだ。

兄と夫に相談すると、それは、せっかくなんだから行っておいで、お母さんは僕たちがみとくよ、と二人とも言ってくれた。

薄情だとは思うが、嬉しかった。

やはり、せっかく当たった券が無駄になるのは悲しかったし、あきらめきれなかった。

背中を押してくれた家族に感謝した。


ほっとして、旅の期日がせまってきたある日、私は改めて航空券の当選証書をながめた。

もうすぐ旅立てるのが嬉しくて、見たくなったのだ。そこで私は、

「え……」

と呟いた。証書をよく見ると「八月三日まで有効」と真ん中に小さく、書いてある。

その日は、八月三日をとうに過ぎていた。

まさかそんなまさか……。

確かその当選証書が送られてきたとき添えられた紙には、十二月まで有効と書いてあったはずだった。

それなのに、ここには、八月の三日までと書いてある。ここまできて……そんな……。

心臓をばくばくさせながら、私は慌てて航空会社に電話をかけた。

有効期限は過ぎているけど、飛行機に乗れますでしょうか、と……。

返事は、

「だいじょうぶです。予約はちゃんと取れています」

だった。

「良かったーーー!!! ありがとうございます!!」

私は、電話越しに何度も頭を下げた。

本当にどきどきした。

最後の最後にだめになるところだった。

でもこれで、ほんとうに長野に行ける。

私は胸をなでおろした。


そして、長野に行く直前の二日前、私は南九州市で行われるフェスに遊びに行った。

そこは、杉の木に覆われた林道の奥に美しい芝生が広がる小さな廃校だ。

その校庭には、それは立派なシンボルツリーの楠がそびえたっている。

二十代の頃、勤めていた職場に行く途中、いつもと違う道を通りたくて林道のほうに車を走らせたとき、偶然見つけた廃校だった。

私はそこがいっぺんで好きになり、よく仕事の帰りに佇んでみたり、母を連れて花見をしたりしていた。

そこが、近年イベント会場として使われるようになっていたのだ。

廃校に向かう土手の上にフェス行きのシャトルバスは到着した。会場に向かうには土手をぐるっと歩いて回らないといけない。

そうするのが面倒だった私は、年甲斐もなくえいっと土手を飛び越えて、ジャンプした。そして着地した瞬間、スカートの裾を踏んで、見事にひっくり返った。

私はその日、ロングスカートをはいていたのだ。

周りで見ていた他のお客さんやフェスのスタッフが、大丈夫ですか⁉ と駆け寄ってきた。

恥ずかしさで顔が真っ赤になった私は、すぐに「大丈夫です！」と起きあがり、平気なふりをして歩き出した。

いっしょにいた息子たちは心配し、夫は一人笑っていた。

足を見るとけっこうな擦り傷で、血が流れていた。

会場に着くと兄も来ていて、私が転んだことを伝えるとあきれたように、なんで？ と言って、救護コーナーに案内してくれた。

椅子に座って看護スタッフの人に治療してもらっていたら、痛さと恥ずかしさで涙がにじんだ。

あさってから山へ行くというのに、怪我をしてしまった。

幸い歩行に問題はなかったが、自分の不注意が情けなかった。

いろいろあったが、いよいよ出発だ。

私には、出発直前にしたいことがあった。

それは、今回の旅のチャンスをくれた二つの美術館にお礼をすることだ。

鹿児島市立美術館には帰って来てからにしようと思ったが、松本市立美術館には出発前にしておきたい。

本当は松本に着いてから実際にお礼を言いに行きたかったが、何しろ荷物を増やしたくないし、日程も盛り沢山、格好も山仕様で美術館には相応しくない。

前もって何かお礼の品を送ることにした。

しかし、相手方の人数が分からない。

いろいろ考えた結果、鹿児島といえば西郷さんだろう、と思い、西郷せんべいを送ることにした。西郷せんべいなら一枚がとても大きいので、適当に割って分け合って食べてもらえるだろうと考えたのだ。

まだ、コロナ前のことである。

私は、お礼の手紙を書き添えた。

色々ありましたが、お陰様で無事松本、長野に行けそうです。この手紙が届いたということは、無事出発できたということになります……と。

そして、いよいよ明日出発、という日の夜、

ようやく私は次男に、

「ママね、明日からちょっと、一週間山に行ってくる」

と告げた。

長男は小学生なので大丈夫だったが、次男はまだ幼稚園生だったので、あまり早く伝えると面倒なことになるような気がして言っていなかった。

案の定、次男は布団に突っ伏して泣いた。

私は心が痛んだが、

「ごめんよ、山が呼んでるんだ。パパと一緒に、いろんなところに遊びに行ってね」

そう次男にとって訳の分からないことを言って、しばしの別れを告げた。

たっぷりの野菜スープを作り置きして。


松本空港に降り立った私は、市内行きのバス停でバスを待った。

後ろには、同じように山へ向かう格好をしたおじさんたちが並んでいる。

後ろのおじさんが私の格好を見ながら、いぶかしげに話しかけてきた。

「君のその格好は……どこの山に行くの?」

確かに私の服装は中途半端だったろう。最初は町歩きもあると思ったので、ユニクロのTシャツにジーンズ、足元は登山靴、ザックは屋久島のナカガワスポーツの歳末セールで買った旧モデルのノースフェイス。

帽子は、そこまでお金をかけられないので、普段使っているリボンのついた折りたたみハットだ。

「上高地に行ってから、火打山に行こうと思って……」

「どこから来たの？」

「鹿児島からです」

「鹿児島から！　まあ……」

おじさんは、福岡からだと言った。

そこまで差はないじゃん、と私は思った。

しかし、その後何度か甲信越地方に山旅に行くたび、鹿児島から、と答えると、そんな遠くから、と何度も人から驚かれたものだ。


そして、バスは松本駅に到着。

私はあたりを見渡し、蕎麦屋を探した。

私は蕎麦が大好きだ。

山梨の大学にいたので、寒いところの蕎麦が格別においしいことを私は知っている。

見ると、駅横すぐに蕎麦屋があった。

あそこでいいや、もう昼はとっくに過ぎてるし……と、歩き出すと、

「おい、鹿児島の人！　そこじゃない！　こっちこっち！」

さっきのおじさんが私を呼び止めた。

「いい蕎麦屋を知ってるから、行こう」

突然の呼びかけに驚いたが、私はおじさんの親切が嬉しくて、ついていくことにした。

行きながら、私はおじさんにここに至るまでの経緯を話した。

先月母が倒れたこと。でも今は落ち着いていること。子どもが二人いて、夫に預けてきたこと。

美術展の応募はがきで航空券が当たって、初めて憧れの山に来られたこと……。

松本に来られたのは嬉しかったが、本当は、母を残してきた後ろめたさが頭から離れなかった。

それを誰かに口にしないではいられなかったのだ。気持ちも少し高ぶっていたのだろう。


倒れた母親がいるけど来てしまった、と後ろめたさで繰り返した私に、おじさんは、

「それとこれとは別！　行けるときに行くべき！」

と言ってくれた。そして、

「あなた、すごい行動力だなあ……」

と、感心してくれた。

私は、励まされたようで嬉しくなった。

弁天という蕎麦屋でおいしい蕎麦を食べながら、「この旅の期間中、旅の報告をし合おう」とお互いガラケーの番号を交換した。

おじさんは永田さんという名前だった。

とても嬉しい出会いだった。

（ちなみに、後日、駅横の蕎麦屋にも行ってみたが、そこももれなくうまい蕎麦屋であったことをここに書いておきたい。）

そして、私はついに上高地に来た。

初めての上高地は、なにもかもが素晴らしかった。ヨーロッパのような針葉樹もあれば、優しい葉を揺らす落葉広葉樹の森もある。川の流れは澄んでいて、ところどころに小さな美しい小川も流れている。

鴨がゆっくり泳いでいて、野生の花々も咲いていた。

それは、住み慣れた照葉樹林の鹿児島にはない、初めての景色。十代の頃から憧れていた世界が、そこにはあった。

のんびり歩いて青緑に澄んだ流れを見ているだけで満たされるようだ。

あいにく穂高連峰は雲に隠れていたが、周囲の自然だけで十分だった。

道行く人々の格好は様々だ。

ワンピースにサンダルの観光客もいれば、本格的な登山の格好をした男性もいる。なかにはヘルメットをザックからぶら下げている人もいた。きっと、穂高の厳しい峰々に挑戦するのだろう。なんてかっこいいんだ。

明神方面に消えていくその後ろ姿に、私はほれぼれした。かたや私といえば、普通のTシャツで、ただの物見遊山。サブのリュックは息子のキャラクターものだ。

私は少し悔しくなった。

上高地のあとは、新潟の火打山に行くけれど、それも憧れの池塘を見るためで、山頂まで行くつもりはない。

よし、次に上高地に来るときは、私も登山者としてここを歩こう。

今回は、初めてのことだから、無理はしないと決めて来た。でも次に来るときは、物見遊山ではなくて、ちゃんとどこかの山を登って、この上高地を歩こう。そのときは、服装も、モンベルとかそういうのを一つは用意しよう。

予算のこともあるが、経験もともなわないのに、格好だけしっかりそろえるのは、私のなかでは好ましいことではなかった。

だから、とりあえず今回は、登山靴以外は、ほとんどすべて普段着ているファストファッションだったのだ。

その日泊まる西糸屋山荘に荷物を置いて、明神まで歩くことにした。

曇ってはいたが、往復二時間だし、雨具はいいか、と思ってキャラもののリュックに財布と携帯を入れて出かけた。

長野にいる。上高地にいる。森の空気を思い切り吸い込んで、清水川の清らかさ、梓川の美しさに見とれながら歩いた。

一時間後、明神からは折り返すことにした。有名な嘉門次小屋が気になったが、なんとなく気後れして近寄れなかった。何故かそのときは、通な者ではないと入れないような雰囲気を勝手に感じたのだ。

上高地に着いたのは、午後三時。

ここで折り返さないと、宿の夕飯の時間に遅れてしまう。

あたりは少し暗くなり、風が出てきていた。小雨が降ってきた。

初めはたいしたことはなかったが、歩いているうちに本降りになってきた。まだ宿まで四十分は歩く。

雨具のない私はずぶぬれになった。もう髪も、肌着まで水が染みこんでいる。

雨は益々強くなる。体も冷えてきた。途中、林の向こうを車が走ってきた。

なんだ、車が入れる道があるんだ。乗せてくれないだろうか。

そう思ったが、車は暗い森をただ過ぎ去っていった。

まあ、木道だし寒いけど、大丈夫だろう。あれだ、私が鹿児島から来たもんだから、上高地の神様が「その火山灰を落としなさい！」と雨を降らしたんだ。そこの灰かぶり女、まずは身を清めよ……って。

宿まで残り十分、岳沢《だけざわ》湿原に到着した。

ここは、とりわけ素晴らしいところだった。雨でも濁ることのない蕩々《とうとう》とした流れ。木々の間をゆくその流れは、とても澄んでいて、水中をイワナが悠々と泳いでいる。

ここにいつまでも佇んでいたい……。

そう思ったが、時間がなかった。


宿に着くと、ずぶぬれの私を見て、宿の人が
「濡れましたねえ……」

と言った。

夕飯はもう始まっていて、食べるのが遅い私は着替えている暇はないと思い、ズボンとTシャツだけを急いで着替えて、食堂へ向かった。

食卓には信州サーモンのお刺身やトンカツなど、ボリュームのある料理がたくさん並んでいる。どれもとてもおいしく、初めての山小屋の料理に感動した。

自由に飲める、近くの清水川から引いているという水がこれまたおいしかった。これを滞在中いくらでも飲めるなんて夢のようだ。

同じテーブルには私と同じ一人旅の人が二人座っていて、一人は神奈川から来た若い女性。もう一人は、韓国から来た若い男性だった。女性のほうは留学経験があり、男性との会話を助けてくれた。

三人とも、初めての上高地で話がはずんだ。一緒に記念写真を撮り、帰ったら送り合うことを約束した。

旅での人との交わりは、本当に楽しく嬉しいものである。その神奈川の彼女とは今も年賀状のやりとりをしている。

そのあと部屋に戻り自分を見てみると、濡れた下着を着替えないまま服を着ていたので、胸のあたりに水が染みていた。

あの二人はこれに気付いていただろうか、恥ずかしいことをしたなあ。

そう思いながら、ようやく宿の温かい大浴場に行った。お湯をかぶった途端、足に痛みが走った。旅に出る前に転んだ傷に、お湯がしみたのだ。

上高地にいるのが嬉しくて傷のことは忘れていた。

絆創膏を貼り替え、明日の火打山に備えた。

火打山へ

松本市に戻った私は駅前でレンタカーを借り、妙高高原に向かった。
レンタカーのエンジンをかけてすぐ、見慣れないカーナビに、まずは右に行けばいいのか、左に行けばいいのか、どの色のラインを見ればよいか分からず少し戸惑ったが、適当に発進したら合っていた。

知らない土地で高速を運転するのも初めてで、最初のうちはとても緊張した。が、思っていたより車は走っておらず、徐々にリラックスして運転できるようになった。

新潟に入るのも初めてである。

特に長いトンネルでの運転が苦手な私は、トンネルに入ったときだけは○×△とわけの分からない宇宙語をしゃべり、緊張をごまかした。

あいにくまたしても曇り空で、妙高に近づいても山々は雲に隠れていたが、緑の気持ちの良い笹ヶ峰高原に近づくと眼下に野尻湖も見え、気分は上々になった。

高原では学生さんたちがさかんにランニングをしていたので、なるべく減速して車を走らせる。後から知ったことだが、この高原は駅伝部の合宿などによく使われるというところだった。

その日宿泊する明星荘に近づくと白樺の森が見えてきて、私は「うそうそ、嬉しい」と一人歓喜し、思わず車を停めて降りた。

目的地の詳しい植生は、実際その土地に行ってみないと分からない。ガイドブックにも、植生については記載していないことが多い。

だから、思わぬところで憧れの木々に出会うとサプライズプレゼントをもらったように嬉しくなる。

白樺も上高地で見かけてはいたものの、規模はそこまで広いものではなく、白樺目的に行くのだとしたら八千穂高原や北海道だと思っていた。

しかし、場所によっては思いがけないところに群生しているものなのだ。

そして、しばらく走って、その日泊まる明星荘に着くと、今度は宿の周りにブナの森が広がっていた。

宿は登山道入り口すぐにあり、森に囲まれている。

ああ……。

嬉しさに押し黙ってしまった。

まさしく、憧れの、豪雪地帯のブナの森だった。コケを纏った白灰色の幹が数え切れないほど立っていて、風に優しく葉を揺らしている。


ブナは長年の憧れだ。

初めて憧れのブナを見たのは大学の時だった。名前は思い出せないが、山梨の小さな町の低山だ。だがそのブナは、規模は小さく幹も細かった。初めての出会いに嬉しくはあったが、想像していたブナの森ではなかったので、そこまでの感動はなかった。

明星荘の中に入ると、中はとてもきれいだった。

宿のご夫婦二人が笑顔で出迎えてくれた。その日の客は私と、千葉から来た男性が一人。

食堂を見わたすと、それは立派なイワナの魚拓が飾ってある。イワナも憧れの存在だ。鹿児島ではイワナを見ることはない。

話を聞くと、ご主人だけでなくその娘さんもイワナを釣るという。

なんてうらやましい女性だ、と感動した。私が鹿児島から来たので、小屋の周りのブナ林に感動している、と言うと、奥さんが「秋はもう、それはそれは紅葉がきれいよ」とおっしゃった。

私はその光景を想像して、うっとりした。

小屋が予想していたよりも新しいことに驚いた、とも伝えると、奥さんが壁にかかった建て替え前の小屋の写真を指さして、

「前の小屋は、雪で潰れちゃったの」

と笑った。

小屋を潰すほどの雪。『日本百名山』で深田久弥が火打山はとりわけ豪雪の山だと書いていたが、まさしくそのとおりなんだな、と驚いた。

その日の夕飯はとても豪華で、たった二人の客に対してこんなご馳走を……と感動した。

どれもとてもおいしく、

「新潟の人は、料理が上手ですねえ……」

と変な感想を宿の奥さんに言ってしまった。

ＢＳテレビの天気予報を見ると、翌日は傘マーク。期待はできない予報だった。

翌朝も、起きると雨が降っていた。

でも気分が落ち込むことはなかった。部屋の窓から見えるブナの森に降る雨は、どこまでも優しく、さらさら、ぱらぱらと、あたりの森を湿らせながら心地よく降っている。この景色と空気に出会えただけで、心は満たされていた。

しかし、やはり登山もしなければ。ここまで来たのである。

朝ご飯を食べ終わる頃、雨は少し小降りになった。千葉のおじさんは先に登りに出かけていた。天気予報の傘マークは消えていない。私は登山の実行を迷ったが、何のためにここまで来たんだ、と登ることを決めた。

宿のおじさんとおばさんは、大丈夫か、と心配してくれたが、もともと山頂が目的ではなく、天狗の庭まで行って池塘と高《こう》谷《や》池《いけ》山荘を見るのが目的なんです、雨が激しくなったら降りてきます、と伝えると、それなら……と登山道の注意点をいくつか教えてくれ、送り出してくれた。

登山口で靴ひもを締め直していると、山の小屋に泊まって下りてきたと思われる若いカップルが声をかけてきた。

「今から山頂ですか？」

「あ、いや。天狗の庭まで行こうかな、と思って。池塘を見てみたいんです」

私が答えると、若い女性が瞳を輝かせて、

「池塘、ありましたよ！　すごく良かったですよ！」

と教えてくれた。

女性の顔は、美しい景色を見てきた証の表情で、きらきら輝いていた。

まぶしいな、そして、山をやる人はみんないい人だな、そう笑いながら思った。


登り始めは美しいブナの森のゆるい坂道。持ってきた日傘を差しながら進んでいくと、徐々に雨はやみ始めた。

きつい登りでは傘を杖代わりに、と思ったが、ぬかるみが多くただ傘が汚れるだけで、長さもないので役に立たない。

登山道を傷めることにもなるので傘はすぐにザックにしまった。


その頃私はポールの良さをまだあまり理解できずにいた。

荷物になるし、途中でしまうのも面倒。頼りすぎるとそれなしでは行けなくなるのが嫌で、行程の短い今回の山行きには持ってこなかったのである。

山は自分の足だけで登るのが基本！　と思っていたのだ。

しばらく進むと、上からどやどやとベテランらしきおじさん、おばさんが四人下りてきた。

先頭のおじさんが私を見ると、

「ハクサンコザクラは、終わりでした！」

と意気揚々と言った。

「はあ……」

高山の花だろうと思った。なるほど火打山は花の百名山でもあるから、花を楽しみに登る人も多いんだな、と感心した。


前もってきつい登りといわれていた十二曲がりは、そこまで苦労することなく登った。登山というのは、ルートのきつさが分かっているのといないのとでは疲れ方が違う。なので、十二曲がりが終わってからのほうが余程きついことを知らなかった私は、その後苦労した。とは言っても、天狗の庭までは遅い足の私でも三時間半。そこまで無理をすることなく高谷池にたどり着くことができた。


曇り空だったものの、霧の中に浮かぶ高谷池山荘と池塘の景色は夢の中のようで、いつまでも佇んでいたくなる光景だ。

天狗の庭まで行くと、途中霧が晴れて火打山の山頂が見えた。

周囲には誰もいない。花の季節が過ぎていたせいか、登ってくる登山者はほとんどいないようだった。

霧の消えてきた池塘を見ながら木道に腰を下ろし、持ってきたカロリーメイトとパンを食べた。池塘からは、細長い植物が生えている。

あれはなんだろう。緑の鉛筆、細いアスパラガスみたいだ。

憧れの景色を興味深く見ながら、味気ない食事タイム。

ああ、なにか温かいものを食べられたらなあ。

体力に自信のない私は極力荷物を軽くしたい。コッヘルや食材、ガスを持って山で調理とか、憧れはするものの、重さのことを思うと実行する気になれない。基本単独行だ。荷物は自分で持つしかない。なので昼はいつもカロリーメイトと軽い長期保存クロワッサンですます。

でもいいか、池塘を見られたんだから。

じっくり景色を堪能したあと、そろそろ帰るか、と私は立ち上がった。と、同時に濡れた木道に足を滑らせて、思い切り尻餅をついた。

しまった、と思ったが、幸いどこも痛めてはおらず、気を引き締めなおして立ち上がった。

内心危なかった、とどきどきした。こんなところで歩けなくなったら大変である。

登山の怪我や事故は下山でよく起こるというが、本当にそうである。

大学の時も山梨の低山に部活のメンバーと教授とで登り、最後あと一歩で下山完了、というとき、ジャンプで締めくくろうと思った私は、飛び上がって、見事に着地に失敗。

足首をひねって道端に座り込んだことがある。

その時も幸い痛みはたいしたことはなく、すぐに歩行を再開できたが、学生の頃も主婦になった今もあほなところは変わらないのだった。

嬉しいと、ついジャンプしたくなるのである。


山を下り、あと少しで道路に出る、となった頃ガラケーが鳴った。

親せきのおばさんからだった。

おばさんは、私の母の事情は知らないものの、子どもを旦那に押し付けて、一人旅をするなどということが許される時代の人ではない。用件はたいしたものではなかったが、内心、どこにいるの？　と聞かれたらどうしよう、と思いながら、電話を切った。


明星荘に戻ると、おじさんとおばさんが、良かった良かったと喜んで迎えてくれた。雨後の登山道だったので私のひざ下はぬかるみの泥だらけ、山荘に入るのも気が引けたが、おばさんは座んなさい座んなさいと労をねぎらってくれた。

明星荘特製のレモネードを注文して飲むと、疲れた体に染み入るうまさで、思わずもう一杯追加注文した。

目的を達成したぞ。レモネードもめちゃくちゃうまいぞ。

私は喜んで、またいつか来ます、とおじさんとおばさんにたくさんの御礼を言って、山荘をあとにした。


その日の夜。宿泊したのは、笹ヶ峰高原を下りたところにあるエコーロッヂだった。割と高齢の御夫婦が営む古い民宿である。

客は私一人で、贅沢にもツインベットの部屋だ。

周囲にコンビニはなく、小さな商店の前に自動販売機があるくらい。

八月なのに宿の近くには紫陽花が咲いていた。私が驚いて宿のおじさんに言うと、この辺では普通のことだという。

鹿児島では紫陽花は六月の花だ。

車もなかなか通らない。あたりはとても静かなところだ。

部屋の小さなテレビをつけると、地元のニュースが流れた。知らない土地で、見慣れないキャスターの話すＮＨＫの番組を見るのは、何故かとても心細いものだ。そこが住み慣れた土地ではないという何よりの証拠を見せられているようで、なんともさみしい、寄る辺ない気持ちになる。

しかし、そんな気持ちも宿の夕飯でどこかに消えた。たった一人の客のためにも、心尽くしのご飯が用意されていたのだ。

温かい汁物に、野菜もたっぷり。山の中なのに、まぐろのねぎとろのようなものもあった。ねぎとろは初めて食べるもので、とてもおいしい。

おじさんとおばさんは食堂からも丸見えの自分たちの居間のちゃぶ台で、テレビを見ながら、ご飯を食べている。

まるで親戚のおばさんの家を間借りしているようだ。

新潟はいいいな。素晴らしいな。

虫の声しかしない、静かな夜が更けていった。

翌日、松本に戻る前にもう一度笹ヶ峰高原に戻った。そのあたりをハイキングできる遊歩道が整備されているからだ。

笹ヶ峰高原の牧場にレンタカーを停めて歩く。

牧場には人は見当たらない。いるのは、牛と自分だけだった。

少し心細いながらも、遊歩道に沿ってどんどん森の中へ進んだ。

天気はまたしても時折小雨の降る曇り。

小さな沢をいくつもまたいで、大好きなブナに囲まれながらルンルン気分で進んだ……と言いたいが、あまりにも誰もいないので、熊の存在が気になりだした。こんな森の中で熊に出会ったらどうしようもできない。

不安とわくわくの混ざった気持ちでいると、後ろからいきなり人が現れた。トレラン（トレイルランニング）らしき男の人だった。その人はあっという間に私を追い越し、森の中に消えていった。あっけにとられながら延々と進み続けると、不意に舗装道路に出た。何かの工事中で、ショベルカーや小さなトラックがある。

人の気配があるだけで、ほっとした。近くにはダムと本当に小さなビジターセンターのようなものがある。入ってみたが、誰もいない。このあたりの見どころを写したポスターや写真が飾ってあった。

その後来た道を戻り、霧にかすむ清水池の景色を楽しんだ。

そこまで来ると牧場も近く、人の気配も感じられて安心する。

牧場の売店は閉まっていた。ソフトクリームが食べたかったのに、残念だ。牧場のソフトクリームなら、さぞおいしかっただろう。夏休みなのに、休みなんて……。客がほとんどいないから、仕方ないのかな……。それにしても、これだけの自然を無料で、ほとんど独り占めの状態で楽しめる贅沢さよ。

上高地でかかった様々な高額の費用を思い出して、妙高市の良さをしみじみと感じた。

そのまま近くの名所である苗名滝《なえなたき》にも足を延ばした。

ガイドブックで見たとき、載っている写真は小さかったもののなんともすごい形をしている様子が伝わってきて、「これはちょっとただの滝ではない、見るべき滝のような気がする」と思っていたのだ。

そしてそれは想像以上の迫力で、今まで見たどの滝よりも、形といい、水量といい、流れ落ちる轟音《ごうおん》といい、過去見た中で一番の滝であった。

別名地震滝と呼ばれるのもうなずける、周囲に轟く爆音。

しばし見とれたあと、駐車場の売店でソフトクリームを買った。念願のソフトクリームだ。

もう夕方だったせいか、またしても観光客は私一人になっていた。

「○○一おいしいソフトクリーム」と書いてある。
○○の中身は忘れたが、滝の近くまで行ってソフトクリームを頬張った。すごくおいしい。確かに〇〇一のおいしさだ。


駐車場に戻ると、滝から続く濁流のような川で、釣りをしている男性がいた。

こんな濁流でも、魚は釣れるのか⁇

謎に思いながら、滝をあとにした。


私は旅の初めに出会った永田さんに電話した。

無事火打山に行けたことを報告したかったのだ。永田さんはとても喜んでくれた。永田さんのほうは雨に降られ、登山はいったんあきらめて、上高地でキャンプをしているという。

「ここのキャンプ場は最高だよ」

登山ができなくても、上高地を楽しんでいるようだった。

「それにしても、あなたはすごい人だ」

そう私のことをまた褒めてくれた。

そんなことはない。私はただ、やりたいことに突き進んでいるだけだ。


旅の終わりに、高山蝶研究家で山岳写真家の田淵行男記念館に行った。モノクロのアルプスの写真が大迫力で、心に響いた。家に持ち帰りたいくらいだ。

高山蝶の細密画にも驚嘆した。どれだけ根気強いのだ、この人は。

記念館のマークがまたかわいくて気に入ってしまう。

下の階で田淵さんを映したビデオがテレビで流れていた。青空の下、美しい花の咲き乱れるアルプスに、田淵さんが佇んでいる。

じっくり見たい気持ちと、見てしまうと、うらやましすぎて頭の中が次のアルプスのことでいっぱいになってしまうから避けなくては、という気持ちで、私は記念館をあとにした。

早く帰らないと、子どもたちが待っている。

山岳リゾートあり、初めての見知らぬ土地の高速運転あり、山登り、ハイキング、滝の観賞……。盛りだくさんの旅は終わった。

主婦になり、子どもを二人産んでから、初めての一人旅。一体どのくらいぶりの旅だったろうか。十年は経っていたと思う。

松本空港でイナゴのビン詰めと松本城まんじゅうをおみやげに買って、満足感いっぱいで帰路に就いた。

イナゴなんて、きっと驚くぞ。

新幹線が鹿児島中央駅に着くと、夫と子どもたちが迎えに来ていた。

「ママー！」

子どもたちがにこにこして抱きついてきた。

「ただいま」

夫にお礼を言って、車に乗った。夫は、

「いやあ、一週間、なんとかなったよ、お義母さんも変わりないよ。子どもたちに野菜は食わしたよ。最初に野菜炒めをたくさん作って、これを食えって、食わしたんだ。あれだね、お総菜買って、ご飯とか並べるだけでも、なんだかんだ時間がかかるもんだね。これをいつも君がしてるんだなあと思ってさ、ありがたいなあ、って思った」

そう言って笑った。

それを実感してくれたのは、この旅の価値の一つだな、と私は嬉しく思った。

いなごは、長男は面白がって食べ、次男は見た目で拒否した。

数日後私は鹿児島市立美術館に行き、松本城まんじゅうを職員の方に手渡した。

「おかげさまで、無事長野に行けました。ありがとうございました」

職員の方は、驚いたように恐縮して、頭を下げてくれた。

槍ヶ岳へ

上高地、火打山の旅を無事終えた私は、幸せの余韻に浸りながらも次の目標を考えていた。

次は、槍ヶ岳だ。


山を始めた人間なら、大抵の人が憧れる山。

天を突くようなその山容は格好よく、一度は間近に見てみたい。

山岳雑誌によると、山頂直下に山小屋があるらしい。

そこに泊まることにしよう。

そして、もう一つ見たいものがある。小池新道の途中にある、鏡池に映る槍ヶ岳だ。

その二つを目標に、ルートを決めた。


一日目、岐阜県側の新穂高温泉から入り、双六小屋に泊まる。二日目、西鎌尾根を通って、槍ヶ岳に行く。頂上直下の槍ヶ岳山荘に泊まって、三日目に上高地に下りるのだ。

そうしたら、前回の物見遊山上高地で誓った「次は、登山者としてこの地に下り立ちたい」という目標を達成することができる。

槍ヶ岳の山頂には登らない。危なそうだからだ。

私の登山の大前提は、無事に帰ることだ。

家族を置いて好き勝手に行くのだから、怪我だけはできない。迷惑もいいところになる。

なので、槍ヶ岳がどういうところなのか、見たいだけなので、山頂は最初から目的にはしなかった。

しかし、初めての縦走である。

前回の火打山も日帰りの、しかも山頂なしの山旅だった。

いきなりの縦走で、二泊三日の槍ヶ岳。

いきなりすぎないか、と思わないこともなかったが、細かいステップを踏んで到達していくには、私には時間がない。

なにしろ一年に一度行けるかどうかのチャンス、しかも九州の端っこからである。ステップを踏んでいる時間などないのだ。

できそうだったら、どんどんチャレンジする。

とは言っても、ちゃんとした山上の山小屋も初体験だ。富士山の山小屋で働いてはいたが、お客さんとして泊まるのは初めて。しかも未知の北アルプス。

何かと不安はある。

私は経験者の声を求めて、鹿児島市内のモンベルへ向かった。

スタッフの人に槍ヶ岳経験者はいないかと尋ねると、一人の男性を呼んでくれた。

私は自分の登山経験を伝え、西鎌尾根ルートの難しさを男性に尋ねた。すると、

「裏銀ですか?」

と男性は言った。

「?　裏銀?」

初めて聞く言葉に私は驚き、なんだそれ、裏があるなら、表もあるのか？　と愉快な気持ちになった。

男性は、最後の山頂アタックさえしないのだったら、特段難しいことはないですよ、と言った。

それなら、少しは安心だ。

私はお礼を言って、膝用のサポーターを買うことにした。

膝を痛めたことはないが、今回は行程が長い。

特に、槍から上高地への下りは長い。持っていたほうがよさそうだ。

今回は、しっかりポールも使おう、と思った。

ゴミについても、登山専門店で教えてもらった。基本、ゴミはすべて持ち帰らないといけないので、山小屋で飲み物を買ったら自分の空のペットボトルに移し替えること。

山小屋で買ったごみは山小屋が引き受けてくれるので、そうすれば少しでもゴミを減らせるというのだ。

「なるほどなるほど、快適な縦走には工夫が大事なんだな」と、勉強になった。

そして、私は夫の了承も得て、久しぶりのパートを始めることにした。山への資金を稼ぐためだ。

航空券が当たる幸運なんて、毎回あるわけがない。ここから先は自分でどうにかしないといけない。

久しぶりの仕事はなかなかに楽しく、私は次の夏の到来を心から待った。

母は長く世話になった病院を出て、施設に落ち着いていた。

会話はできなくなっていたが、左手で食事を取ることができ、我々が行くと笑って喜んでくれる。私のことを忘れていたのかもしれないが、面会した時に見せるその笑顔は何かしら身内に対するそれに近かった。

穏やかに暮らしてくれるなら、それでいい。

しかし、寂しい気持ちがわき上がることもあるのか、私の仕事中に施設から電話がくることもあった。

ある日も、施設から電話がきた。

母が朝から興奮して、声を上げ続けているという。

そんなときは仕事中でも、廊下に出て話をした。

「あーあーー！」

「お母さん、どうした？　なんかあった？」

「はああああー！」

泣きそうな声である。

「また来るよ、あさって、土曜日にはまた会いに行くよ！」

「はああ……。あ……」

施設の人が電話を代わった。

「ありがとうございます。なんか、落ち着きました」

「良かったです……。また、なにかあったら連絡ください……」

ごめんね、お母さん。

窓の外の夕焼けを見ながら、私は電話を切った。


そして、夏が来た。

夫は、またしても私の一人登山に、あきれていたのか、あきらめの気持ちだったのか、出発が近づいても具体的にどこへ行くのか、何日にはどこにいるのかなど、なにも聞いてこない。

私は自分で日程や泊まるところを紙に書いて、冷蔵庫に貼った。

山岳保険にも入ってはいるが、夫は心配じゃないのかな、と少し思った。子どもを押し付けて勝手に行ってしまうので、どうでもいいと思っていたのかもしれない。

しかし、出発の二日前くらいになって、初めて夫が
「ほんとに行くの？」

と聞いてきた。私が、

「うん」

と答えると、

「熊が出たらどうするの」

と言う。

「熊？」

私が言うと、

「死んだふりー」

子どもたちが後ろで笑う。

「熊か……。いや、でも、登山者の多いルートだから、大丈夫だと思うよ、鈴もあるし」

夫はそれ以上何も聞かず、こう言った。

「仕方ない。里子、行ってこーい」


次男は、昨年と違って成長したのか、今度は山に行くことを告げても泣かなかった。

私が出発前に大きなザックを出していたので、

「また山に行くの？」

と気付いていたのだ。


出発の日、まだ暗い夜明け前だったにもかかわらず、次男が自分から起きてきて、見送ってくれたのには驚いた。

「ママ、いってらっしゃい」

そう笑顔で次男は言った。

嬉しかった。


初日は、新穂高温泉の旅館に前泊した。

一人で泊まるには少々贅沢だったが、時期的に他に空きがなかったのだ。

料理も温泉もとても良く、こんなところに泊まっていたら登山へのやる気を失いそう、と思いながらも快適に過ごさせてもらった。

この旅館の良いところは、翌日、早朝でも登山口まで送ってくれることだった。

朝、宿の御主人に送ってもらい、軽くストレッチをしていざ出発。

左側にそびえ立つ錫杖岳《しゃくじょうがたけ》に圧倒されながら、前に進む。

荷物の重さに体がまだ馴染まなくて、さっそくしんどい。

しかし、途中大好きな風穴《ふうけつ》があって、気持ちの良い風にわくわくする。

そのまま進んでいくと、目の前に見事なブナの森が広がった。

純林、といって差し支えないほどの美林だ。

太さも、高さも、美しさも、申し分ない。

登山開始間もなく、こんな素敵な森があるなんて知らなかった。

もう、なんならここに滞在して帰ってもいいくらいのところである。

いきなりこんないいところがあるなんて……。この森でゆっくりできないことを悔しく思いながら、歩を進めた。

だいぶ進んだところで、いつものカロリーメイト休憩を取る。

登山を開始してしばらく経っても、体が荷物の重さに慣れなくてとてもきつい。

これ、このまま行けるんだろうか……。

少し途方にくれたが、なんのためにここまで来たんだ！　今更あとには戻れない、進むしかないよ……と半分あきらめが混ざったような気持ちで、前に進む。

しばらく行ってから、谷に挟まれたような場所に腰を下ろして水を飲む。上を見上げると、空は真っ青に晴れ渡っていた。けっこう暑い。近くに、若い男性が二人、同じように休憩しながら呟いた。

「絶景じゃね？」

その後、徐々に登りが始まり、きつさが増してきた。山はもっと涼しいかと思っていたが、日差しも強く汗がすごく流れる。

山も温暖化の影響を受けているのかな……と思いながら、ひたすら登る。

途中、巨大な虫取り網をもってぜいぜい言いながら登っている男性に出会った。

「なにをしてるんですか」

と聞くと、高山に住む虫を調べるために来ているのだという。

学術的な調査のようだ。

登山を趣味にしているのではなさそう。

「ああ、きつい！」

と言いながら、大汗を拭い、何か虫を見つけると、ぱっと網を振っている。

首から下げた手拭いで何度も汗を拭いながら、はあはあ、ときつそうだ。

面白いなあ、そして、大変だなあ、と思った。

しばらく登ると、今度は山に慣れた感じの腕に腕章を付けた男性が四人ほど、なんの苦労もなさそうに登っていた。

何の団体か聞いてみると、岐阜県の山岳警備隊の人たちだった。

すごい。警備隊かあ、かっこいいなあ。

テレビで山岳レスキューの映像などは見たことがある。どうりで苦もなく登っているわけだ。

この人たちの登るペースって、どんなもんなんだろう。

興味が湧いた私は、その警備隊の後ろにぴったり張り付いてついていった。

しかし、三十秒も持たない。速い。ついていけない。隊長のような人が振り返って私を見て、

「わ！　びっくりした！」

と言った。

「あ、すみません……。警備隊の人たちって、どのくらいの速さで登るのかなあ、と思って。でもだめだ、全然ついていけません」

私がそう言うと、隊長は笑った。

警備隊の人たちは、その後あっという間に見えなくなり、私はまたマイペースに登って、小まめに休憩した。

途中、高齢者の団体が岩に座って休憩していた。私が近づくと、

「お姉さん、先にどうぞ。我々はゆっくり行くから。我々はね、後期高齢者だから！」

そう言って、おじいさんはがはがは笑う。

楽しそうで、私も嬉しくなった。

もう、何時間登っただろうか。かなりばてててきた私は、先客が三人休んでいるところで立ち止まった。その三人とは、途中途中、抜いたり、抜かれたりしていた。私と同じくらいの年代のご夫婦と、その連れの女性。三人組だった。

「暑いですね」

お互いにそう言い合い、水を飲んだ。私も含めて、みんな暑さにばてていた。

連れの女性が、

「これ、どうぞ」

と言って、干し梅を私に差し出してくれた。

ありがたかったが、私は受け取れなかった。

実は、水がもうあまり残っていなかったのだ。梅は疲労回復に欲しいところだったが、食べたら一気に水が欲しくなる。

「すみません、もう、水があんまりなくて……」

私が言うと、ご夫婦の御主人が、

「あと、どのくらいあるんですか」

と聞いてきた。

「五百ミリの水一本と、オレンジジュースが二百ミリくらい……」

「うん……、それなら、なんとかなるか……」

御主人は言った。

その言葉に、私は少し感動した。

この炎天下、水は命である。もし私の水が本当に残り少なかったら、分けてあげようとか思ったのだろうか。思わなかったら、水の残量など、初めから聞いてこないはずだ。

私はその質問の中にある親切心を思い、とても嬉しい気持ちになった。感動した。

三人は、その後私より先に進んでいった。歩く様子からして、あきらかに私より山に慣れている感じだった。


その後、急な登りを進んでいると、今度はベテランらしき中年男性二人に会った。

その二人も、暑さに相当ばてている。

「お姉さん、今日はどこまで行くの？」

と聞かれたので、双六小屋までです、と答えると、

「やめときなさい、もうすぐ鏡平《かがみだいら》山荘だから、そこまでにしたほうがいいよ。俺たちも、双六小屋まで行くつもりだったけどさ……。もう暑くて……。鏡平にしとくかって、今話してたんだ」

とアドバイスしてくれた。

忠告はありがたかったが、今日双六小屋まで行っておかないと明日が長くてきつくなる。

遅くなっても、私は双六小屋まで行こうと決めていた。

急登を登りつめて、ようやく鏡池に到着。正午は過ぎていた。初めて長い休憩が取れる。

空は快晴。池の向こうには、槍ヶ岳がはっきり見える。憧れの場所の一つに着いた喜びで、ため息が漏れた。

すると、電話が鳴った。

ここも、電波が入るのか！　と思って出ると、自由奔放に生きる、近所のママ友からだった。

「ねえねえ、今夜花火大会に行かない？」

ママ友が言う。

「ごめん、今ね、岐阜の山の中にいるの」

周りの邪魔にならないように、こそこそ私が答えると、

「あ、出かけてんだ。オッケーまたねえ」

そう言ってママ友は電話を切った。

自由な人である。人のことは言えないけど。


鏡平山荘に行くと、テラスは登山客でにぎわっていた。

富士山以来、いや、アルプスでは初めての山小屋だ。珍しくてきょろきょろする。

売店には、ラーメンに、かき氷まである。

先ほど私に水の残量を聞いてくれた三人が、先にご飯を食べていた。こちらにどうぞ、と誘ってくれたので、隣に座らせてもらう。

三人は、お湯で戻したアルファ米を食べていた。

こ、これは山岳雑誌や登山専門店で見かけた、あれだ！　と私はわくわくした。そして感心した。ちゃんとした登山をする人は、食べるものも違う。私は、相変わらず、軽さを思って長期熟成クロワッサンだ。

いつか、私もお湯とかを持って登れるようなたくましい人になれるんだろうか……。

そう思いながら、そのアルファ米を見つめた。


ご夫妻は、その後名物のかき氷まで食べた。

私はおなかを壊したらいけないと思い、ひたすらパンにかじりついた。

聞くと、ご夫婦の名前は、蔵野さん、連れの女性の名前は、臼井さんといった。

夫婦の水はご主人のザックに入れていて、二リットルのボトルで持ってきているという。

「二リットルボトル！」

私は驚いた。そんな重い物を持って登れるなんて、すごすぎる。しかも、荷物はそれだけではないはずだ。

三人は逆に、私が鹿児島から家族を置いて一人で来ていることに驚いていた。

「すごいですね」

と言われたが、私に言わせればご夫婦のほうが余程すごかった。


残りの行程は、まだまだ距離がある。

三人は、先に出発した。

私も、少し遅れて出発。休憩したあとなので初めは元気だったが、すぐに登りでまたばててきた。

途中、先に行く誰かが、

「あ、イワカガミ」

と言った。初めて見る、有名な高山植物である。本来なら感動を持って見られるはずなのに、もうかなり疲労にやられていた私は、ああ、あれがイワカガミね……、くらいにしか思えず、のろのろ歩を進めた。


そして、ようやく遠くに双六小屋が見えた。

あと二百メートルも歩けば到着、というところで私は再び座り込んだ。

限界である。時計を見ると、午後四時を過ぎていた。

出発したのが、朝の六時半くらい。かれこれ九時間ほど歩き続けている。

ぱらぱらと軽く雨が降ってきた。ごく普通の婦人用小型傘を開いて、しばらく最後の休憩を取った。

雨はすぐに上がった。

私は重い腰を上げ、気力を振り絞り、ようやく双六小屋に到着。

ああ、やっと着いた。長い。長かった。

すると、

「おお、お姉さん、着いたか。こっちこっち！」

鏡池の前で、今日は鏡平までにしておきなさい、とアドバイスをくれたおじさん二人が、声をかけてくれた。

小屋の前に広がるテラスで、ビール片手に、すっかりご機嫌になっている。

「なんだ、結局ここまで来たんですね」

声をかけてもらった私は急に元気になって、おじさんのところへ行った。

振り返ると、山岳警備隊の人たちも近くで飲んでいて、私に気付いて手を上げてくれている。

その近くでは、蔵野さんたちも飲んで私に手を振ってくれた。

これは忙しい、三軒ともご挨拶に回らないと……、と私は思った。

「まあ、座んなさい」

アドバイスおじさんが言ってくれたが、

「ちょっと待ってくださいね、いくつか挨拶してきます」

と私は言って、まずは山岳警備隊のところへ行った。

警備隊の人たちもすっかりご機嫌で、私の労をねぎらってくれながら、

「この人さ、俺の背後にピッタリくっついて登っててさ、俺が振り向いたらいるから、わあ！　ってビビったよ！」

と言って大笑いしている。

一緒に笑って少しつまみをいただき、次は蔵野さんたちにご挨拶。

そしてアドバイスおじさんのところに戻ると、おじさんは、

「今日俺のテントに来なよ。一人じゃ寂しいからさあ」

と言う。

まったく酔っ払いは……、と苦笑いして受け流し、おじさんたちに明日の予定を聞くと、

「明日は、雲ノ平に向かうよ」

と言う。

雲ノ平。

それは大きな、でも遠い憧れの場所。

テレビで見たそこは、秘境の中の天国みたいな場所だった。

でも、行くにはとても遠く、大変だと聞く。

「すごい……。雲ノ平に行くんですか……。すごいなあ、いいなあ……。でも、自分には無理だなあ……。初心者だし……」

私がそう言うと、おじさんは、

「そうやって、自分で壁を作らないの！」

と言った。

それを聞いて私は、心がしん、となった。

自分で壁を作らないの！

そう、普段の私はいろんなところで自分に壁をたくさん作る人間だ。それで日々、独り相撲を取っては落ち込んだりしている。

おじさんの言葉が、心に響いた。それも強く。

雲ノ平、私にも行ける……？

おじさんの言葉を心のなかで繰り返しながら、おじさんのつまみをもらい、食べた。私は酒は飲まない。

そして、受付を済ませ、もう一度外に出た。


見渡す山々に夕日が当たっている。

その中の一つの山に目を奪われた。

鷲羽岳《わしばたけ》だ。

なんて山。

初めて本当の北アルプスの山を見た気がした。

荘厳で、言葉にできない格好の良さ。

雲ノ平を紹介するテレビに出ていた山小屋経営の伊藤さんが、好きな山として挙げていたのはあれではなかったか。

そして、鷲羽岳のさらに奥に広がる山々の景色。雲ノ平もあのあたりにあるのだろうか。

まさに秘境と呼ぶにふさわしい遠さと、奥深さを感じた。

いつか、あのあたりにも行けるだろうか。

私は、遠い憧れを持ってその景色を見つめた。


さて、今夜眠る部屋。

初めての山小屋泊まり。

部屋には、十人ほどの若い女性がひしめいていた。

私の布団は、奥から二番目。隣の人との距離はものすごく近い。

「……」

私は、長く、厳しい夜を思った。

夕飯は、天ぷらを中心とした和食。どれも丁寧に作られていて、とてもおいしい。こんな山奥で手作りのご飯が食べられるなんて、なんて贅沢だろう。

食べるのが遅い私は入れ替え制度の食事に少し焦ったが、どうにか最後のお茶まですすり、席を立った。

この時役に立ったのが、売店で買った手拭いだ。

ものの食べ方が下手な私は、普段何か口にするたびにティッシュで口を拭くのを習慣にしていて、毎回食事の度に結構なごみを出す。

しかし、山ではそのティッシュすら、自分で持ち帰らないといけない。

塵も積もれば山となる。

そこで、幅の広い手拭いを折り替えながら使えば、ごみはでないことを思いついた。

これはその後、家に帰ってからも実践していることで、山での経験が実生活に活かされた良い例だと思う。

普段から、山でやらざるを得ない暮らしを皆が自宅でも実践していたら、環境にもいいのではないか。

なかなかできることではないかもしれないが、風呂も、本当は毎日入ることはないのだ。

贅を尽くした住宅も然り。

生きていくのに必要ではないものを、私たちは日々過剰に生み出し、消費して、廃棄して、環境に負担をかけている。

山で数日過ごしていると、そんな人間社会のエゴのようなものをすごく感じる。

もちろん、自戒も含めてである。


暗くなっても、外のテラスでは酔っぱらった人たちがまだ盛り上がっていた。

わいわい、がやがや、楽しそうである。

しかし、小屋の人に注意されたのかそのあと急に静かになった。

消灯の時間が近いのだろう。

私は興奮状態で、眠れないだろうと思っていたがやはりそのとおりだった。

見知らぬ人がすぐ横にいて、足元には暑すぎてかぶれない布団が積んであり、足もろくに伸ばせない。

目を閉じて寝返りを打ちながら、どのくらい時間が過ぎたか考えた。

横に寝ているのは、私の身内、親戚の女の子。

そう思い込めば安心して寝れるかと思い、試しに思い込んで隣の女子を眺め目を閉じてみたが、やはり眠れない。

ふう。

しばらくして、トイレに行こうとそっと起き上がり、廊下に出た。

途端に、体中の血がさーっと引くような感覚がして、目の前が白くなり私は床にへたり込んだ。

気分がすごく悪い。

どうしよう。こんなところで具合が悪くなって。

焦りで、心臓がどきどきする。

私は階段の手すりにしがみつきながら、ふらふらと洗面所に行き、ふたたび床にへたりこんだ。呼吸も苦しい。

すると、高齢のおじさんが一人、トイレに現れた。私は気分が悪いので誰か呼んでほしい、と頼んだが、おじさんは戸惑っている。

それもそうだ。真っ暗闇の中、小屋のスタッフの部屋すらどこにあるのか分からない。館内は結構広い。

客もスタッフも皆、明日に備えて休まないといけないのだ。

頼んでみたものの、私はおじさんも困るだろうと思った。自分でなんとかしなければ。

水を飲もう、とりあえず。

以前働いていた職場の上司が、水は万病の薬、と言っていたのを思い出したのだ。

私は床を這いながら洗面台の蛇口をひねって水を飲んだ。

するとどうだろう。

すーーっと、気分が良くなったのである。

そして、ものすごいおいしさを感じた。

この水はすごくうまい。

私は夢中になって水道の水をごくごく飲んだ。

おいしい。気分もいい。

一息ついて、私は戸惑っていたおじさんに謝った。

「すみません、もう大丈夫です。良くなりました」


部屋に戻って、私は再び横になった。

怖さは残っていたが、窓の外には星が見える。多分、もう大丈夫だ。

すると、突然隣の女性が、

「やだあ！」

と寝言で叫んだ。私は驚いてびくっとした。私の不安がうつってしまったのだろうか。悪かったかな。


しばらくすると、早出の人たちが動き出す音がした。

窓の外から鈴の音が聞こえ、闇の中を登っていくヘッドライトの明かりが見える。

私は人々が活動し始めた安堵感を感じた。

結局眠れなかったし、体調不良の恐怖感もまだ残っていたが、人の動きに少し安心した。

空が少しずつ白み始め、朝が始まろうとしていた。朝食を済ませ、私は西鎌尾根に向けて出発した。

蔵野さんたちは先に出ている。彼らも同じルートで槍ヶ岳を目指すのだ。

薄暗い中、順調に歩を進めると昨夜の恐怖心は薄れていき、ルートを探すことに集中できた。先を見ると、蔵野さんたちらしき人影が見える。

夜が明けあたりが明るくなると、私は眼下の異様な山々に目を奪われた。

その山は、そこだけ他の山脈とは違って赤茶けた色をしていて、植物の気配が全くない。

あれはなんだ、なんであそこだけ赤い山なんだ？

不思議に思いながら歩を進めると、あたりを見渡せる休憩ポイントが近づいてきた。

そこには、若い男性が小さなチェアに座り、絶景を背景にして一人コーヒーを飲んでいた。

なんだなんだ、このコマーシャルのような光景は！

私は一人興奮した。

昇る朝日に、広がる遥かな山脈。そこにチェアに座って湯を沸かし、コーヒーを飲むおしゃれな若い男性……。

あまりの写真のような光景に、私はしばし衝撃を受けて立ち止まった。頭の中にネスカフェのＣＭソングが流れる。

椅子やコーヒーセットを持ち運べる体力と筋力、トイレの近さを気にしないでいい男性という性の羨ましさ。

私もあんな風に絶景を背景に、大好きなミルクティーをゆっくりすすれたらどんなにいいだろう……。

しかし私には、大荷物を持てる体力も、長時間トイレなしで過ごせる体質もない。

残念な自分の素人感を噛みしめながらその場をあとにすると、この旅初めての鎖場《くさりば》に着いた。

高度感のありそうな難所に緊張が走る。

しかし、上のほうには槍ヶ岳から下りてきたと思われるベテランおじさん二人がいて、私に声をかけてくれた。

「先に登っておいで」

こういう時、誰かが見ていてくれるのはとてもありがたい。見守られているという安心感で、私は難なく鎖場をクリアできた。

進んでいくと、途中、下界から雲が上ってきた。雲にかすむ山を見下ろして、少し涙が滲んだ。昨夜の体調不良の記憶が甦ったこともあるが、悩みは標高を上げてもついてくる、と思ったからだ。

でも、それが人生だ。

悩みを抱えながらも人は登るし、登れる。登っていれば、忘れる時間は長くなる。

悩みを、思い出しては、また忘れる。その繰り返し。

ふと足元を見ると、岩のすき間に大好きな松虫草が薄い紫の花を咲かせていた。

風に小さく揺れている。

大好き、と花に小さく囁いて、私は先に進んだ。

そして、到着した槍の肩は大勢の登山客で賑わっていた。目の前には、槍の穂先がどん、とそびえている。

どこかから巨大な三角のぎざぎざの岩を取ってきてつけたような槍の山頂。

ヘルメットをかぶった人たちが次々山頂に向かっていく。

私はそれを見ながら飲み物を飲もう。

先に着いていた蔵野さんたちと到着を喜び合い、槍ヶ岳山荘で受付した。


双六小屋も大きい小屋だったが、槍ヶ岳山荘はさらにでかい。

一体何人収容できるのだろうか。

廊下には、高山病の対策について書いてあった。

高山病かあ……。

槍ヶ岳山荘は、標高三千メートルを超えるところに位置する。

高山病を発症してもおかしくない高さだ。

しかしそれに関しては、私は絶対大丈夫だという自信があった。

根拠はある。

昔、富士山に住んでいたという根拠だ。

たった数週間、しかも二十年以上前の経験が一体なんの対策になろうかと思われるだろうが、私のようなおバカには、そういう思い込みが結構有効だったりする。

テラスに座って蔵野さんたちと談笑し、広がる絶景を楽しんだ。

槍の影ができていることを蔵野さんが教えてくれる。

下を見ると、上高地から登ってきたらしい男性があともう少しのところでへたばって座り込んでいる。はあはあ、と喘いで、顎を上げている。

昨日の自分を見るようだ。


小屋周りの散策もしたが、小屋の建物が途切れるところはものすごい風が吹いていて寒く、とても長居はできない。

テラスで過ごしたい人も大勢いるので、長く居座ることもなく私は小屋の中に引っ込んだ。

その日の部屋は、二段ベットの上のほう。壁際だった。私の隣には、年配の女性と、その娘さん。その隣、窓際には一人旅の女性。

荷物の出し入れが不便だが、端っこに位置する分だけ昨日よりはましだ。

しかし、部屋が階段のすぐ横にあるらしく、人が上り下りする振動と音が壁伝いにもろに伝わってくる。

私は、今夜も眠るのは難しいだろうな……、と覚悟した。

案の定、夜、消灯してもなかなか眠れない。

しかも暑い。

外は冷え込むのだが、狭い部屋に人がくっついて寝るので結構暑いのだ。

私は、まだ起きているらしい窓際の女性に、少しだけ窓を開けてもらえないか頼んだ。

すると、その女性も暑くて開けたかったと言って、小さな窓を少し開けてくれた。

「あ、見て、向こう、雷が光ってる」

女性が教えてくれた。

見ると、暗闇の中、遠く稲光がピカっと何度も何度も光っていた。雲の中を雷光が走るのも見える。

雷が好きな私は、嬉しくなった。そのおかげか、昨夜よりは安心して横になれた。

相変わらず頭が興奮して眠れず、それがまたうつったのか、隣に寝ていた年配の女性が、

「○△×！」

と寝言で叫んだ。びくっとする。


朝起きると、年配の女性の娘さんがお母さんに、

「お母さん、ゆうべ寝言言ってたよ」

と言った。お母さんは、

「あら……ごめんなさいね。うるさかった？」

と私に謝った。

「いやいや、大丈夫です」

こちらこそ眠れないオーラを出してごめん、と心で呟きながら、朝食会場へ行った。

蔵野さんたちと楽しく朝食をとり、ぼちぼち別れの時間となった。蔵野さんたちは私とは違うルートで下山するのだ。

厳しい山行《さんこう》を共にした者同士、親しくなった我々はお互いの連絡先を交換した。

蔵野さん夫妻は下山前に、もう一度山頂を踏んでいくという。

なんという体力だ。

感心して見送っていると、山岳警備隊の隊長が私に声をかけてきた。

結局、槍まで警備隊の人たちと同じルートだったのだ。

「山頂行かないの？」

と私に聞くので、私が「危ないことはしないと決めて来たんです」と説明すると、

「行きなよー！　俺たちも今から登るから！　見ててやるからさあ！」

と強く勧める。

いやあ、見てても……。落ちたときにはどうするんだ……、と思って、私は何度も断った。

私にだけ何かをくくりつけるのもおかしいだろうし……。

「で、警備隊の皆さんは、登って一体何をするんですか？」

と私が質問すると、

「ああ、時々ね、登ったはいいけど、怖くて下りられなくなる人がいるのよ。それで行くの」

「なるほど」

すごいなあ、すごい人たちがいるもんだなあ……。そう感心しながら、私は警備隊の人たちに挨

拶し、小屋に荷物を取りに戻った。

すると廊下で、昨晩同じ部屋で窓際にいて、雷のことを教えてくれた女性に会った。

お互い気を付けて帰りましょう、と話をしているうちに、最後の最後で女性が私と同じ大学の出身者であることが分かった。

私より、少し先輩の山梨の人だったのだ。

「なんでもっと早くしゃべらなかったんだろう！」

と思わぬ偶然に、二人でわあわあ興奮し、手を握り合って、急いで連絡先を交換した。

お互い下山の時間になっていた。

その女性も一人旅なのに、私が一人で鹿児島から西鎌尾根を越えてきたことに妙に感心してくれた。彼女は別ルートで上がってきたらしい。

女性は、名前をまきさんといった。今は北海道に住んでいて、仕事をしているという。

何、北海道？　素敵過ぎる。

北海道の知り合いゲット！　と心の中でガッツポーズをしながら、固い握手をして別れた。

さあ、いよいよ上高地だ。

長い下り用に用意したサポーターを付け、ポールを持ち、意気揚々と下る。

後は下界に下りるだけなので、気持ちがとても楽だ。

調子よく下っていると、正面の遥か遠くに雲に浮かぶ富士山が見えた。

わ、お久しぶりです……、と富士山に挨拶。

相変わらず、神々しい。

やはり、富士は神の山だなあ……。そう思いながらさらに下っていくと、見たことのない、氷河に削られたような大きな地形が現れた。

空は真っ青な晴れ。

ところどころ雪も残っている。

なんてすごいところだ。

下りながらも何度も振り返って、そのカールを眺めた。


道はやがて平坦になり、槍沢ロッジを過ぎたあたりで小さな小川に出会った。

私は日本ではなかなか見られない、緩やかな流れの小川にとても憧れている。

その小川は上高地の小川と共に、理想的なものだった。

スマホでしばらく小川を撮影し、横尾に向かった。

そして横尾山荘で昼食、徳沢でソフトクリームを食べ、その日の宿の西糸屋山荘に向かう。河童橋のすぐ近くだ。


昨年心に誓った通り、私は登山者として、上高地に降り立った。

誇らしかった。嬉しかった。

しかし、体は異様に疲れていた。

二日間、ほとんど寝ていない。

疲労も溜まっている。

そして、河童橋までの平坦な道のりは、過去に本で読んだ人々が語るように異様に長く、辛い。

たいして軽くなってもいない荷物が背中に重い。体力の限界が、またしてもきていた。


数十メートル歩いては、ザックを下ろして休憩する。

なかなか進めない。

ヘロヘロになりながら進んでいると、高齢の男性とすれ違った。その後、さらに進むと、道の脇になんの荷物も持たないで座り込んでいる、高齢の女性がいた。


あれだな、おばあさんも思ったより長い距離で、疲れたんだな。エネルギー切れかな……。

そう思いながら私は通り過ぎたが、やはりなんだか気になる。

渡せるものはないかとポケットを探ると、塩キャラメルがいくつか残っていた。

私はザックを道端に置いて、おばあさんのところへ引き返した。本当は、一メートルも戻りたくはなかったが……。

おばあさんは、うつむいていた。

「大丈夫ですか。あの、良かったら、これ……」

私はおばあさんにキャラメルを差し出した。

すると、

「お前、まだここにいたんか」

と言って、さっきすれ違った高齢の男性がやってきた。

なんだ、この人と夫婦だったのか。

おばあさんは、私に恐縮して頭を下げ、男性と共に徳沢方面にのろのろと去っていった。


そして、ようやく着いた西糸屋山荘。

受付を済ませて身軽になると、休憩してから河童橋に向かった。

憧れた上高地に二度も来られた幸せ。

登山者として来られた幸せ。

夕日に照らされた穂高連峰の限りないかっこよさに見惚れながら、私の槍ヶ岳登山は終わった。


その日の同室の客は一人旅のかっこいい女性と、フランスから来たというブロンドの髪の女性だった。

驚いたのはそのフランス人女性が、部屋ではキャミソール一枚でいたことだ。

西糸屋山荘のその部屋は相部屋で、一応、山小屋ということになっている。

そんな恰好で廊下に出て、おじさんたちを喜ばせはしないだろうか、と心配になったが、それは大丈夫だった。

翌日、大好きな上高地ビジターセンターで素晴らしい山の世界を堪能し、清らかな清水川を眺め、帰路に就いた。

久しぶりの激しい筋肉痛で、東京の駅の階段を一人変な動きで降り、空港に向かった。

そして帰りついた鹿児島は、まだまだ灼熱の暑さだった。

雲ノ平

次は雲ノ平に行こう。

はなから無理だと思っていたところだったが、双六小屋でおじさんに言われた、

「自分で壁を作らないの」

という言葉が、私に雲ノ平に行く決心をさせてくれていた。


アルプス登山も三度目である。

日程は、一日目に富山に入り、翌日折立《おりたて》から太郎平小屋《たろうだいらごや》に登って一泊。

翌日雲ノ平に行って、雲ノ平山荘で一泊。

翌日昨年も泊まった双六小屋まで行って一泊。

翌日、新穂高温泉に下り、山に三泊四日泊まるという、私としては最長ルートの長旅である。

最難関は二日目の薬師沢小屋から雲ノ平に上がるまでの二時間続く登りだ。

ここがとてもきついと山岳雑誌には書いてある。

体験記には、そこを登り終えた登山者が「今までこんなに頑張ったことはない」と涙を流した、と書いてあった。

なんとも憂鬱な記事である。

しかし、ゆっくりでも、とにかく登りさえすれば着くのだ。ルートに迷いやすいところはなさそうだし、多分行けるだろう。


夏になり物置から部屋にザックが出されたことで、子どもたちは早くも、

「ママ、また山に行くの？」

と勘づいた。

「あ、うん。ちょっと、また行くね」

実際はちょっとではないのだが、とりあえず主婦である手前、ちょっと、と言うしかない。

夫は、相変わらず出発直前になるまで私の山旅には関心を示さず、あと数日で出発という日に、

「ほんとに行くの？」

とまた聞いてきた。

「うん。お願いね」

私がしれっと答えると、

「うーん、じゃあ、俺たちも、豪遊するかあ、金をくれ」

と言って笑う。

私が、

「あのさ、どこに泊まるとか、どういうルートで行くとか、なんで聞かないの？」

と言うと、

「だって、言われてもどこのことか分からないもん」

と言う。

「……」

仕方なく日程と泊まる山小屋の名前を紙に書いて、また冷蔵庫に貼った。

それを見ながら、夫はまた言った。

「よし、里子、行ってこーい」


実はその年の夏は、なかなかの大イベントが初めにあった。

それは、アメリカ・ロサンゼルスから、私のいとこが結婚して初めて家族を連れて鹿児島に来る、というものだった。

いとこの母親は私の母の姉で、戦後結婚して夫婦で職を求めてロスに移住した人たちだ。

そのロスで産まれた子どもが私のいとこで、グレースという。日系人だ。


グレースはそこで外国人男性と結婚し、二人の男の子をもうけた。

ルカくんとカイくんである。二人とも高校生。

自分のルーツである日本を見せたかったのであろう。家族皆で鹿児島にやってきた。

私も会うのは自分が大学のとき以来、二十数年ぶりである。

お互い人の親になって初めての再会。

嬉しくて、私は張り切って鹿児島を案内した。

私の母のいる施設にも連れて行き、グレースにとっての叔母である母とも面会してもらった。

グレースのお母さんは、ロスで交通事故にあったり、長患いしたりしたあと亡くなっている。

認知症でただ笑っているだけの私の母を見て、やはり自分のお母さんに似ていると、グレースは涙を流して喜んだ。

私の母も何かを感じているのか、グレースの顔を見た途端、少し興奮して声を上げ、グレースの手をまるで自分の娘の手を握るように、優しくさすっていた。

グレースの目からは、涙が止まらなかった。


知覧の武家屋敷、開聞《かいもん》のそうめん流し、鹿児島の名所をいろいろ案内しながら、我々家族とグレース家族は観光を通してお互い楽しんだ。

特にグレースの子どもたちは知覧特攻平和会館への関心が高く、私がそろそろ次へ……、と促してもなかなか会館を出ようとしない。

自分の国と祖父母の国が行った戦争について、いろいろ思うことがあったのだろう。

その意識の高さに私は感心してしまった。


そして観光の最終日、私はグレース一家を指宿《いぶすき》のホテルまで送り届けた。

詳しい日程は聞かなかったが、このあとは自分たちで交通機関を使って北上し、広島の宮島や箱根、東京を観光してアメリカに帰るという。

異国に来て案内人もなしに、交通機関を予約してどんどん回るなんてすごいなあ……。

きっとスマホを駆使して旅程を整えているのだ。

機械に疎い私はすっかり感心した。

「また、いつか会おうね」

そう言ってホテルの玄関で私がグレースをハグすると、グレースは、

「いつかじゃないよ！　すぐだよ！」

と、少し怒ったような調子の、英語なまりの日本語で言った。


一週間後、私は一人、雲ノ平に向けて出発した。

今年はなかなか盛り沢山な夏だなあ……、と思いながら、一年ぶりのザックの重さを嬉しく思い、山手線の電車に揺られていた。

北陸新幹線に乗るために、東京駅に向かっていたのだ。


吊り革につかまりながら、ふと隣の車両を見ると、どこかで見たような外国人の男の子たちが見えた。

あれ、なんかルカとカイに似ている。

よく見ると、隣にはグレースの姿が少しだけ見えた。

私は驚いて車両のつなぎ目の窓に張りつき、ルカとカイに手を振って合図した。

しかし、二人は私をちらっと見た後すぐにまた下を向いて、スマホを見ている。

おい！　三日間一緒にいたじゃないか！　私のこと、認識してないな？

そう思って、私はぐらぐら揺れる電車の扉をこじ開け隣の車両に移った。グレースが驚いて、

「ワオ！　サトコ！　なんで？　どうして？　その恰好！」

と驚いている。驚いたのはこっちのほうだ。

まさかこの広い東京で同じ電車に乗っているとは、奇跡ではないか。

私は、グレースたちはもうとっくにアメリカに帰っているのかと思っていた。

私は、これから登山のために富山に向かっていることを説明した。

「それは良いことだね、サトコ」

自身もアメリカの山でスキーなどしてアクティブに過ごすグレースは、嬉しそうに言った。

「運命だね」

私は、ロスに戻る前にもう一度会えた奇跡に興奮しながら、グレースに言った。

「オウ、そう、運命だ」

グレースは笑った。

そう、指宿で別れ際に「いつかじゃないよ！　すぐだよ！」と言ったグレースの言葉は、本当だったのだ。


神様ありがとう。

グレース一家は今から東京にいる親戚に会って、明日、アメリカに帰るのだという。

再びのハグをして、私たちは別れた。


興奮冷めやらぬまま北陸新幹線に乗り、私は富山の友人にメールを送った。

富山には大学時代の友人、のりちゃんと博子ちゃんがいる。

もし会えたら、登山前に会いたいと思ったのだ。

卒業以来、もう二十年以上会っていない。

ただ、年賀状やたまのメールではつながっていた。

のりちゃんたちには、私が富山に行くことは事前に知らせてはいなかった。

二年前の上高地に行くまでの様々な問題が起こって以来、私は旅の実現には、慎重、というか、懐疑的になっていた。

この旅、本当に行けるんだろうかと。

土壇場でまた何かトラブルが起きるのではないか。

だから、実際の目的地に本当に近づくまでは安心できない。

本当に旅ができそうだ、と思ったときに連絡しようと決めていたのだ。


私はのりちゃんにメールを送った。

今、北陸新幹線に乗って富山に向かっている。午後三時くらいに着くから、会えるようだったら会いたい、と。


メールをし終わって一息つくと、隣に座っていた高齢の女性が話しかけてきてくれた。

「どこか、山に行かれるの?」

それは、私もその女性にしたかった質問だった。お互いに、山へ行く恰好をしていたからだ。

「雲ノ平です」

私が答えると、女性は「私は、白山に行くの」と答えた。

女性は埼玉の方で、登山歴の長いベテランのようだった。

「すごいですね。私はまだ初心者で……。なのに、雲ノ平に行くもんですから、ほんとに行けるかなあって、ちょっと不安なんです」

私がそう言うと、女性は登山中の休憩の仕方についてアドバイスをしてくれた。

「長く歩いていて、何回も休憩したくなったときね、いちいち荷物を下ろすのも大変でしょ？　だからね、小まめに休憩するときは、ポールを地面からザックの底に斜めにあてて、ザックを浮かせて、立ったまま休憩するの。そうすると、いいですよ」

なるほど。私は感心した。

確かに重いザックを止まる度にいちいち下ろすのは、それだけでも消耗する。

これはいいことを聞いた。

「ありがとうございます。やってみます」

私は女性に感謝した。


後日、実際にそのやり方を試したことで私は随分助けられた。

人のアドバイスは聞くものだと思った。

この女性には、本当に今でも感謝している。

新幹線が富山に着くと、驚いたのりちゃんからの電話が鳴った。

「どーゆーこと！」

私は、突然の訪問を謝りつつ、旅の目的を説明した。

のりちゃんは驚きながらも、もう一人の友人、博子ちゃんにも連絡を取って、夕飯を共にしてくれるという。


私は約束の時間になるまで、富山市をぶらぶら歩いた。

初めての日本海側の地方である。涼しさを期待していたが、予想に反してものすごく暑い。

遠くに、ぼんやりとだが、うっすら雪の残る立山が見えた。

今すぐあそこに行きたい。

木陰を探して歩きながら、夜を待った。

これじゃあ、鹿児島と変わらんなあ……。


夜、のりちゃんが私のいるホテルまで迎えに来てくれた。

「びっくりしたわ、なんでこんな突然なん？」

とのりちゃんに言われたので、

「いやあ……。ごめんね、ほら、親も年だしさ、なにがあるか分からないしさ……」

と私が答えると、

「せめて、飛行機に乗ったときに連絡くれよ！　来るんだったら、案内したいところもたくさんあるのに！」

とのりちゃんは言った。

悪い悪い、と謝りながら私はのりちゃんについていく。


何が食べたい？　と聞かれたので、駅で見た富山名産の白エビが頭に浮かんだが、のりちゃんは「明日から山に入るんだから、生ものはやめておきな」と言う。

私は、え、そんな、食べたい……、と思ったが、そう言われると自信がなくなるので、のりちゃんの言うことに従うことにした。

少し遅れて、子どもを連れた博子ちゃんもやってきてくれた。平日で仕事帰り、子どもを預ける間もなく駆けつけてくれて、本当に恐縮した。

中華料理店で久しぶりの再会を楽しく過ごし、次はちゃんと富山を楽しめる日程で来ることを私が約束し、解散となった。

別れ際にのりちゃんが、

「これ、さとちんに、と思って選んできた」

と言って、小さな小瓶をくれた。

中を見ると、小さな石がいくつか入っている。

のりちゃんはここ数年、富山の海岸などで有名な翡翠や珍しい石を探すのに凝っているという。

そのうちのいくつかを選んで持ってきてくれたのだ。

「……ありがとう……」

石は、私も好きだ。選んで持ってきてくれたのりちゃんの、その気持ちはとても嬉しい。

しかし、明日から私は三泊で山に入るのだ。それなのに石。

私は心の中で、

「なんで石。登山に行くのに。なんの修行」

と思いながら、のりちゃんに別れを告げた。


ホテルの部屋に入って荷物の整理をしていると、テレビにニュース速報が流れた。

浅間山が噴火したという。

一瞬、また何か登山に行けなくなるトラブルかと思ったが、浅間山は雲ノ平からは遠い。

ほっ。大丈夫だ、と胸をなで下ろした。

ふう、ここまで来てどこか近くの山が噴火したかと思って、一瞬ビビった……。そう思っていると、今度はスマホが鳴った。

画面を見ると、

「速報。滝川クリステルさんと小泉進次郎氏結婚」

と書いてある。

それは登山には関係ない。

なんだよ、もう……。クリステルさんは大物にモテるなあ……。そう思いながら、風呂に向かった。

次の朝、折立行きの登山バスに乗り込んで出発。

道中の景色をしっかり見ようと思っていたが、昨夜も例によって緊張で熟睡できなかったので、バスに揺られていたらいつの間にか眠ってしまっていた。これは、私にはありがたいことだった。これから四日間、おそらくまたろくに眠れないことが予想される。少しの間だけでも睡眠がとれたことは嬉しかった。


折立に着くと、さすがに涼しい。

標高の高さを感じながらあたりを見渡すと、私好みの広葉樹がたくさん生えている。大好きなブナもあった。


出発を前に軽くストレッチしていると、五人組の中年のおじさんたちが私を見て、

「山ガールがいる」

と言った。山ガールか……。しかし、ガールという歳では、すでにない。

それに、私の服装はほとんどがファストファッションである。もちろんレインウェアなどはちゃんとしたゴアテックスのものを用意してきたが、おしゃれな女子向け山岳雑誌に出てくるようなファッションとはほど遠い。

交通費と宿泊費だけでいっぱいいっぱいで、服にかけられる予算はほとんどないのだ。

その代わり、一つの大きな登山が成功したらなにか一つ、ちゃんとした山の服を買うことにして

いた。

今回は前回の槍ヶ岳登山の御褒美として、防水の山用の帽子を買っていた。

前回の槍ヶ岳は、相変わらずリボンの付いた普通の婦人用の帽子をかぶっていたのだ。紐も付いていなかったので、西鎌尾根の稜線で風に飛ばされそうになり、危なかったのでその反省でもある。

登山口近くにある、愛知大学の遭難慰霊碑に祈りを捧げてから出発。

この遭難事故については、伊藤正一さんの著書『黒部の山賊』で詳しく知ったが、心の痛む事故だ。

一九六三年一月、愛知大学山岳部十三名が富山県薬師岳で遭難し、死亡した。

大切に育ててきた我が子を山で亡くす。親の気持ちはいかばかりか。

同じ息子二人を持つ身として、私は少し暗い気持ちで山に入った。

登り始めはいきなりの、なかなかの急登。

毎度のことながら、体が慣れないうちはとてもきつい。

なんでこんなことをしてるんだろう。

急にネガティブな気持ちになった。

やめよう、こんなきついことは、今回でもうやめよう。終わったらやめるんだ。

そう思いながら、半ばやけくそのような、あきらめのような気持ちで登っていく。

でも、顔を上げて周りを見れば、大好きなブナや広葉樹の樹々がとても美しい。

ちくしょう、いいなあ、この森もいいなあ、素敵だなあ。

しばらく行くと、ガイドさんに付き添われた中年くらいの男性が、荒い呼吸をしながら立ち止まって汗を拭いている。

「こんな……、はあはあ……、こんなきついとは思わなかった」

そう言って、まいったように喘いでいる。

ガイドさんは、少し苦笑い。まだ登り始め間もなくだからだろう。

ここであの呼吸の乱れとは……。あの人は最後まで行けるだろうか……。

そう思いながら、私はひたすら一定の速度で登った。

段々と、調子が出てきていた。


一つ目の休憩ポイントに着いた。

進行方向ではない遥か彼方の空を見ると、一目で何かの盟主では、と思われる山が見えた。

あれは……。ひょっとして、剱岳《つるぎだけ》じゃないか？　多分そうだ。

槍ヶ岳と並んで登山者憧れの山、剱岳。

その難易度は、槍ヶ岳よりも高いと聞く。

すごいな、これだけ離れていても伝わる存在感。

いつか、剱岳も間近に見てみたい。

もちろん登ることは考えない。ただ、眺めたいだけだ。

休憩ポイントを過ぎると、視界が一気に開けた。

素晴らしい景色だ。

左側には、笹やハイマツに覆われた、大きな丸みを帯びた山が広がる。

針葉樹がまばらに生え、アルプスの少女ハイジの世界だ。

こんな景色は初めてだ。気分が一気に上がった。登りも緩やかになり、気持ちの良い景色に「家族にもここを見せたい」という気持ちになった。

途中おやつ休憩をしていると、黒茶に白い斑点がある鳥が木の枝に止まった。

あ、あれはホシガラスじゃないか。

初めて見る憧れの鳥に、気分はさらに上がる。

そして、五時間半ほどでその日の宿、太郎平小屋に到着。

受付を済まし、自分の寝る場所へ向かった。

場所は、かいこ棚の下のほう。

贅沢は言えないが、立つこともできないそこはとても窮屈だ。もちろん、隣の人との距離も近い。

今夜も厳しい戦いになりそうだ……。

トイレ近くのかいこ棚の上では、仮眠をとっている山男たちのいびきが響いていた。

入りきらない足が廊下に突き出ている。


同じかいこ棚の女性たちに挨拶して、荷物を置く。

私がザックに入れていたピザポテトがパンパンに膨らんでいたことを告げると、

「高山にポテチの袋を持ってくるなんて、間違ってる！」

と女性たちに突っ込まれた。気圧の差で膨らんで、ザックの中のスペースを奪うからだ。

あはは……、と私は笑った。だって山で食べるポテチはおいしいんだもの……。

苦笑いしながら夕食に向かった。

食堂は一日の行程を終えた登山者で大賑わい。

お酒も入って、みんな大盛り上がりだ。

わいわいしている中で、小屋のスタッフの人が声を張り上げて言った。

「今夜は富山の山岳警備隊の方が、この夏の登山状況や注意点についてお話ししてくださいます」

紹介された警備隊の男性が、一礼し、話を始めた。

しかし、酒の入った人たちは賑やかさを止めることができず、警備隊の人の話はかき消される。

わいわい、がやがや、とてもうるさい。

すると、

「ちょっと！　静かにしてください！」

登山のベテランらしき女性が周囲を一喝した。

途端に静まり返る食堂。

叱られた子どものように、酔っ払いたちは急に静かになり、警備隊の人は苦笑いしながら、改めて話を始めた。

今年の山岳事故の多さについて、気をつけてほしい点など真剣に話をしている。

なんてかっこいい女性だ。

私は周囲を一喝した女性に惚れ惚れした。

そして、真剣に話してくれる警備隊の人にも。

叱られた山男、山女たちはまるで子どものようにしゅんとしていて、可愛らしい。

みんな、最後までちゃんと話を聞いた。


そして夜。消灯の時間である。

私はここで大きな失敗をした。ヘッドライトを枕元に置いておかなかったのである。


消灯後のかいこ棚は本当に真っ暗だった。

想像以上の暗さだ。自分の手も見えない。

やばい。

こんな時に限って眠れない上に、さらにトイレにも行きたくなる。

皆、明日に備えてしっかり眠らないといけない。

ザックを開いてごそごそ音は立てられない。

というか、足元のザックの姿すら見えない。

それでもトイレには行っておかないといけない。

私はそおっと四つん這いになって、かいこ棚から抜け出した。

少しずつ足元を確かめながら前に進むが、何かを踏んでどきっとする。

本当に手探りで何も見えないので、ほんの十数メートル先のトイレに着くまでにすごく時間がかかってしまった。

トイレには、かろうじてうすぼんやりとした電灯がついている。

用をすましほっとして水道で手を洗っていると、視線を感じたので横を向いた。

するとおじさんが一人、暗闇の中、怖い顔をして私を見ている。

なんだなんだ、と思ったら、おじさんは、

「ちっ！」

と舌打ちして去っていった。

なんだろう。私がごそごそトイレに向かう音がコソ泥のように聞こえたのだろうか。

どきどきしながらまた慎重にかいこ棚に戻り、どうにか自分の布団にたどり着いた。そして結局また眠れぬまま、朝を迎えた。

もう、なんだか山では当たり前のように眠れない。

しかし、宮之浦岳や槍ヶ岳での経験を経て、人は数日眠れなくてもどうにか登山ができることが分かったので、前のような不安感はなかった。

しかしそれでも、この旅一番の急登を前に眠れないのは痛い。


かいこ棚の隣の人にこれから雲ノ平に行くことを告げると、その人は前日が雲ノ平だったらしく、いろいろアドバイスしてくれた。

この先にある薬師沢小屋はものすごく古く、小屋が傾いていること。

雲ノ平の夕飯は石狩鍋で、とてもおいしいこと。

何？　石狩鍋？　そんな良いものが夕食に出るなんて……。

私は俄然楽しみになってきた。

その傾いているという薬師沢小屋も、山岳雑誌で見て憧れていたところだ。これも憧れの、黒部源流部に位置する。

とにかく、憧れだらけのコースだ。小屋が傾いているなんて、なんて素敵。

私は意気揚々と、薬師沢小屋に向かって下り始めた。


空は快晴。周囲はまるでヨーロッパの森のような針葉樹に囲まれている。


いくつもの小さな沢を渡り、カベッケが原を通り過ぎた。

雲ノ平やこのカベッケが原については、前述した伊藤正一さんの著書『黒部の山賊』に詳しく書かれてあるが、私は、この旅の時点ではまだその正一さんの本は読んでいなかった。

読まないで雲ノ平へ行って良かった、とあとで思った。

なぜならその本には、雲ノ平や黒部源流域で人を呼ぶ不思議な声や、埋めてもまた出てくる人骨の話などが書かれていたからだ。

怖がりの私は、もし先に正一さんの本を読んでいたら雲ノ平を心から楽しめなかったかもしれない。山で眠れない性質がさらに強化されていたと思うのだ。

しかし、旅を終えてから読んだその本は、山の本としてダントツの面白さだった。

まだ読んだことがない方には、ぜひ一読していただきたい。

沢音がだんだんと大きくなり、憧れの薬師沢小屋に到着。

澄んだエメラルドグリーンの黒部の流れの横に、古い、でもとても素敵な小屋が立っていた。

小屋から延びる小さな橋から、黒部の流れを見下ろして感動する。

とても美しい川だ。

見るからに冷たそう。

荷物を下ろして、小屋のテラスでいつものカロリーメイト休憩を取った。


ここからいよいよ雲ノ平への急登が始まる。しっかりおやつを食べておかないといけない。

しかし、しばらくすると小屋の中からスタッフらしき人が二人出てきて、無線でなにか慌ただしくどこかと連絡を取り始めた。

女性のスタッフが、

「今から負傷者救助でヘリが来ます。すみませんがみなさん、小屋の中に入ってください」

と声を張り上げた。

足を痛めた人がいるらしい。

それは大変だ。

私は指示に従って、小屋の食堂に入った。

暖かい、窓からの景色がとても素敵な食堂だった。

いいなあ、この小屋。ここにもいつか、泊まってみたい。

そう思っていると、バラバラバラバラと大きな音を響かせてヘリが近づいてきた。

ものすごい風が周囲の樹々を揺らす。

ボロだから、この小屋も屋根が吹っ飛んでしまうのではないかと心配になった。

邪魔にもなるので救助の瞬間を見に行くことはせず、ひたすら窓からヘリの風に揺さぶられる樹々を見ていた。

しばらくして、無事ヘリは負傷した男性を乗せて上空に上がり、小屋の中はまた沢音だけの静かな空間に戻った。

私は出発前に、受付でアミノ酸ゼリーを買った。受付横には、小屋の傾きを示す手作りの工作物がある。

もう少し傾けば危険レベルみたいに書いてある。

うーん、素敵。

さあ、出発だ。

荷物を背負って橋を渡ると、すぐに河原に下りる梯子だ。下りたら、そこから雲ノ平への急登が始まる。

ここで私はひるんだ。

人生初の、高度感のある長い直下型の梯子だったからだ。しかも、八キロほどある荷物を背負って梯子を下りたことなんて、今までない。

怖くてすぐには足をかけられない。

しかし、背後には団体客が控えていた。

団体客を引率するガイドさんが、ん？　というような顔で私を見ている。

さっさと下りないといけない。

ままよ、と思い梯子を握る。恐怖感をごまかすために、声を出さずにはいられなかった。

「いちに、いちに、いちに……」

まるで幼稚園生のようだったが、そのおかげか、なんとか無事に河原に下りられた。


さあ、いよいよ本日一番の大仕事だ。二時間の絶え間ない急登の始まり。

私には、作戦があった。それは、

「この登りは、永遠に続く」

と思って登ることだ。

まだかまだか、と思いながら登るから、辛いのだ。この登りに終わりはないと最初からあきらめていれば、途中でがっかりすることもなく、足を上げ続けることができる。

そうして、私は短い休憩を取りながら何も考えない登りのマシーンと化し、ひらすら上を目指し続けた。

もちろんきつい。でも終わらないと思っているから、辛くはない。そういうものだからだ。

この急登を下りてくる人も結構いる。

この道を下りてくるのも相当に大変だ、と私は思った。

もしかしたら、登るより辛いかもしれない。

現に途中、下りてきた若い女性がしんどそうな顔をしながら、

「あと、どのくらいで、着きますか？　もう、ひどい……」

と、ほとほとあきれ果てたような顔で聞いてきたりした。

そして、約二時間後、とうとう大変な登りが終わった。

ついに、雲ノ平だ。


見たことのない、とても平和な美しい台地が広がる。

喜びでいっぱいの気持ちだ。

遠くに雲ノ平山荘が見えてきた。とても素敵な、かっこいい山小屋だ。

正面には、大きく水晶岳が見える。

美しい。これはちょっと日本とは思えない。

圧倒的な景色に、しばし時を忘れて佇んだ。


私は小屋に着くと受付を済ませ、少し休憩を取ってから小屋の中を見学した。

きれいな、雰囲気のある山小屋だ。

食堂にはスピーカーがあり、窓からは大好きな池塘が見える。

昼食のメニューには、パスタなど、街のカフェかと思うほどおしゃれなメニューが書かれている。

すごいな。

受付横の壁を見ると、ここを最初に作った伊藤正一さんの息子さんが、正一さんにあてて書いた詩のようなものが貼ってあった。

うろ覚えだが「あなたは、本当の開拓者だった」というような言葉が書いてあった。

息子さんの、お父さんへの敬愛の気持ちが伝わってきて、心にじーんと響いた。

そうか、お父さん、亡くなったんだな……。残念だな……。

そう思いながら、偉大な正一さんと自分の父親を心の中で比較して、世の中にはほんとにすごい父親がいるもんだな、それに比べて、うちのお父さんは……。いやいや、お父さんもいいところはあった、お父さんが家族にしてくれたことはいろいろあったじゃないか、比べてはいけない……、などと、ぐるぐる考えながら、外に出た。


そこには美しく、見たことのない種類の雄大な景色があった。

下界から、巨大で長い雲がオレンジ色の夕日に染められて立ち昇っている。

日本海側の雲もオレンジに染まり、まるで壮大なシンフォニーが聞こえてくるような景色だ。

他の登山客も、人智を超越したかのような景色に黙って立ち尽くしている。

誰にとっても一度しかないこの夏に、この景色を共有できる我々はなんて幸せだろう。素晴らしい時を、今、共に過ごしている。

ここにはこんな景色があるよ、すごいよ、と世界中の人に教えたくなるような気持ちだ。

夕食は、お待ちかねの石狩鍋。とてもおいしそう。

小屋のスタッフが、席を案内してくれた。

私は何故か一人、男性だけが集まるテーブルに案内された。

隣のテーブルは、全員女性。

これはやはり女性として、鍋は私が取り分けないといけないだろうか……、などと、どうでもいいことを考えたが特にそういうことにはならず、飢えた男性たちは、めいめい自分の皿にどんどんついでいく。

私は食べるのが遅いので、お代わりもほとんどできないまま鍋はあっという間になくなった。

もうちょっと食べたかったな……、そう思っていると、隣の女性たちが何か話で盛り上がっている。

「子なし？　子なし？　あなたも？　あなたも？

いえーい！　このテーブル全員子なしー！」

「……」

良かった……、こっちの男性テーブルで……、と私は思った。

この中で、一人だけ子持ちで、しかもそれを旦那に押し付けて一人旅に出ているなんて知られたら……、場が凍り付いたかもしれん。

私は、席を決めた小屋のスタッフに心の中で感謝した。家族構成まで察知して席を決めていたとしたら、あのスタッフさんは千里眼だな、と思った。

その夜、伊藤正一さんの息子の二郎さんが、お父さんが残していった古い黒部山域の写真をスライドで宿泊客に見せてくれた。

そんな文化的な体験が山小屋でできることに驚いた。

昨夜、暗闇のトイレで見知らぬおじさんに舌打ちされたことを思い出し、夕べとのギャップに「ううむ」と唸ってしまう。

モノクロのスライド写真を二郎さんの解説と共に見る時間は、本当に素晴らしく、周囲の環境の素晴らしさと相まって、ここに一晩しかいられないことを残念に思った。

ここは連泊するところだなあ、と強く感じた。


その夜もアドレナリン出まくりで、やはり眠れない。

窓から見える暗闇を一人見ながら、夜明けを待った。


翌朝、出発前、トイレに行くと行列ができていた。

私の前にはおじさん、その前にはこの小屋のオーナーである二郎さんが並んでいた。

そうか、スタッフも並ぶのか、スタッフ用のトイレは別にはないんだな。

テレビで見た憧れの人を前に、私は少しわくわくした。私にとっては、根深誠さんやマタギの工藤光治さん並みのアイドルだ。

待ちが長いのか、前のおじさんが二郎さんに話しかけた。

「にいちゃん、どこから来たね？」

「ぼく、ここのオーナーです」

「ああ……」

その会話を、私は可笑しく聞いていた。

確かに二郎さんは、まだとても若い。

それなのに、兄弟の圭さんと共に、山小屋や国立公園の今後を憂い、持続可能な山岳環境のために、日々様々な努力をしておられる。

それは、私のようにただ自分の楽しみのためだけに登山するような人間には、到底分からない苦労だろう。

長男の圭さんは、お父さんの伊藤正一さんが開拓して今は廃道になっている伊藤新道の復活に取り組み、地元の大町にもカフェをオープンさせて、人と山の良い関係を築こうとしている。

弟の二郎さんも、アーティスト・イン・レジデンス活動や登山道整備活動を通して、人と山との新しい関係を模索している。

自分より年下の若者たちの奮闘に、人生の後半を迎えた自分は申しわけない気持ちになる。

ふと、屋久島の写真家、山下大明さんのことを思い出した。

私が屋久島を去る少し前、山下さんの声掛けで開催された白谷雲水峡の植物観察会に参加したことがある。

林道開発によって貴重な白谷の植物が失われることを防ごうと、一般人向けに観察会を開いてくださったのだ。

山下さんの熱心な説明に、自然を愛する人というのはこういう人のことを言うんだよな、と思った。

ただ、きれい、美しい、映えることだけを目的に山に入って満足し、自然は最高！　みんなもおいでよ、と言っている人は、糞尿を担いで山から下ろす人の苦労や、登山道用の石の一個の重さに思いを馳せることはあまりないのではないか。

自然というのは、人の映え満足のためにあるのではなく、ただそこに在って、我々を生かしもするし、殺しもする存在だ。


さあ、最後の宿泊地・双六に向けて出発。

ここからがこの旅のハイライトとも言える。

壮大な景色があちらこちらに広がっていた。祖父岳《じいだけ》を背にして見た雄大な谷。

吸い込まれそうになるその谷の景色に、短い時間で通り過ぎないといけない悔しさを感じる。

しばらく進んで、祖父岳を正面に見ながら右に曲がる。黒部源流域に向かって下りるのだ。黒部源流域を見るのも、この旅の目的の一つだった。

しかし、ここで私は迷った。

周囲が背の高いハイマツに覆われていて地面がほとんど見えず、道がはっきり分からないのだ。

向こうには他の登山客が先を行っているのが見えるのに、どうやってそこまで行くのかが分からない。

しばらくハイマツの中を行ったり来たりして、ようやくそのハイマツ迷路を抜け出した。

ふう、怖かった。

こういう時、単独行の人間の焦る気持ちには、半端じゃないものがある。恐怖心がさあっと湧き上がるというか。

とにかく冷静になれ、と自分に言い聞かせる。


そして進んでいくと、遠くに黒部五郎岳が見えた。

またしても憧れの山だ。

あれは、黒部五郎じゃないか。すごい。

日本とは思えないその特異な姿に見とれる。

これはしっかり目に焼き付けておこう。

普段なら、いつか必ず行こうと決めている景色は楽しみを半減させないように、写真でも実物でも、あまりまじまじとは見ないようにしている。

しかし、昨日、今日の行程を経て、その長さと疲労から黒部五郎岳には行くことはないかもしれないと思い、今でその雄姿を目に焼き付けておこうと思ったのだ。


しばらく進んで、雪がたくさん残っているところで休憩。

その後、長い下りを慎重に下りていくと黒部源流域に到着した。

若い男性が一人、少し離れた岩の上に立ってイワナ釣りをしている。

ここ数日晴天だったせいか水量も多くはなく、難なく沢は渡れた。

しかし、その先はまたも道が分からない。見上げると先を行く登山者がいるのに、今度は背の高い大きな蕗のような植物が繁茂していて道が見えないのだ。

しばらく迷ったが、思い切ってイワナを釣っている男性に聞くことにした。

「すみませーん！　登山道はどこですかー！」

沢の音が大きいので、大声を出さないと相手には聞こえない。

私の声に気付いた男性はにっこり笑って、指で行くべき道を指し示してくれた。

「ありがとうございますー！」

私はまた叫んだ。

男性は私に背を向けて、竿を振り直した。

真っ青な青空の下、雄大な黒部源流域の景色の中で竿を優雅に振る男性。

荷物など、どこにあるのかも分からない身軽な格好。

かっこよすぎる。

惚れてまうやろー！　と思いながら、藷をかき分けて私は進んだ。


一時間ほどゆっくりと急登を登って、三俣山荘に到着。

ここで昼食のうどんを食べながら、休憩を取ることにした。

目の前には、昨年挑戦した槍ヶ岳が今年もかっこよくそびえ立っている。

三俣山荘の食堂ではサイフォンで丁寧に入れたコーヒーが味わえるのだが、私はブラックコーヒーが飲めない。

コーヒーが飲めたらここはより楽しめるのになあ、と思った。

しかし、この景色を見ながらコーヒーが入れられるまでのスタッフの所作を見るのは、とても良い時間だ。

見るだけでも満足だった。

その後、三俣蓮華岳《みつまたれんげだけ》に登って、双六岳方面に向かう。

午後からの雲の上昇で正面に見えるはずの槍ヶ岳は見えなかったが、ところどころ白い雲から青空の覗く双六の台地は、まるで壮大な滑走路のようで、とても気に入ってしまった。

ここもすごいなあ。

思わず走りだしたくなるような景色に圧倒されながら進み、双六小屋に下りた。最後の宿泊地だ。

去年は、夜中にここで体調を崩してとても慌てた。その記憶は苦い思い出として今も残っていたが、去年と今年では、経験や気持ちが違う。

去年は初めての本格的な山小屋泊まりで緊張していたし、なにより大量に汗をかいたあとの水分補給が足りていなかった。

今年は、もうここできつい山行は終わり、という気楽さがある。それに、あの、ものすごくおいしい命の双六の水がある。

そんなに多くの山の経験があるわけではないが、今まで飲んできた山や沢の水で最高においしかったのは、宮之浦岳の沢水と、この双六小屋の雪解け水だ。

水の確保に苦労する山小屋も多い中、飲み放題の双六小屋は本当に登山者にとってのオアシスだ。

私は安心した気持ちで受付をした。

案内されたのは、比較的新しい棟のきれいな和室だった。

先に到着していた同室の女性たちに挨拶して、すぐに体を休める。

夏のこの時期、小屋は大勢の人でにぎやかだ。特に双六小屋は、槍ヶ岳や黒部源流方面に向かう途中の分岐地点にあるので、混み具合がすごい。

くつろいでいると年配の女性が部屋に戻ってきて、受付の前で若い男性が気を失って倒れたと言った。

小屋の隣には夏の間診療所が開設されるので大事には至らないとは思ったが、去年の自分のことのように思えて、私は気の毒に感じた。

「多分、無理したんだろうね。山を嫌いにならなきゃいいけど」

ベテランらしき高齢の女性が言う。

その女性も私と同じ一人旅だ。白髪の細身の女性で、もう五日ほど山旅をしているという。

高齢にもかかわらず、なんという体力だろう。

見ると荷物もコンパクトで、私が「三泊で八キロくらいの荷物だ」と言うと、

「重い！」

と驚いていた。

女性は、着替えも最低限、手拭いなどを駆使して極力荷物を減らして、五キロくらいに抑えているという。

本当のベテランだあ……、すごい、と私は感心しきりだった。

日が傾いてきた。

鷲羽岳の夕景を見ようと部屋を出ると、点滴につながれた、先ほど倒れたと思われる男性が、診療所の女性に付き添われて歩いていた。

良かった。歩いてる。

私はほっとした。

夕食会場にもその男性は現れた。隣のおじさんに、

「大丈夫、ちょっと無理が出たんだよ」

と慰めてもらっている。こういう時の温かい言葉は、どれほど心に染みるだろう。

私はじーんとして、ドレッシングの蓋をねじった。途端に、ドレッシングの蓋はぽーんと宙に舞い、ソースと共に、私の隣にいた別の男性の腕に落ちた。

「わ！　すみません！」

おそらく気圧のせいだろう。蓋が吹っ飛んだのである。

私は慌てて自分の手拭いで、男性の腕を拭いた。

目の前にいた女性が、面白かったらしくくすくす笑っている。

ばつが悪いまま、私は夕飯を食べた。


食後、消灯の時間まで小屋の本を眺めることにした。

消灯後、私はやはり眠れなかったが、もう山での睡眠はあきらめていた。

人って、三日眠れなくてもどうにか動けるもんだな……、と思った。

しかし、実際、私は山を泊りがけで縦走するのには向いていない人間なのだろう。

何度来ても眠れないのだから。

それでも山を下りてきつい記憶が薄れてくると、次の山のことを考える自分がいる。

そのくらい、山は魅力的なのだ。

しかし、別に山でなくとも、自然のあるところなら行き先はどこでも構わない。

今繰り返し山に向かうのは、自分の歳を考えて、きつい山行は早めに済ませておいたほうがいいと思うからだ。

行きたい山にだいたい行ったら、あとは、気軽なハイキングを繰り返すつもりでいる。

でもいつか、山でしっかり眠ってみたい、とも思う。

山での熟睡は、私の憧れだ。


いよいよ最終日。

鷲羽岳のかっこいい雄姿、双六キャンプ場から見える大好きな谷の景色に後ろ髪を引かれながら、私は下山に取り掛かった。


今日も快晴。

向こうには、まだ暗い槍ヶ岳。今も登山者が来るのを見ているのだろう。

気楽な下山といっても、今日も行程はとても長い。

のんびりと歩く。

途中、明るくなった頃、初めてライチョウを見た。つがいで、草むらを人を警戒することなく行ったり来たりしている。

さらに下っていると、若い女性が「さっきまで、近くにオコジョもいた」と教えてくれた。


ほどなくして、鏡平山荘に到着。

もうお腹を壊しても大丈夫かな、と思い、去年は食べなかったかき氷をいただく。

しかし、日差しが強い。長野の松本市でも感じたことだが、高地はやはり紫外線が異様に強い。

サングラスは必須であることを感じた。


だいぶ下った頃、今から双六に向かうという男性に会った。ふくよかな人で、大量の汗をかいてぜえぜえ息を吐いている。

「こんな……、こんな日に、登山なんかするもんじゃないですよ……」

確かに日が照り付けるところは、山でも結構暑い。大丈夫かな、あの人……、と思いながらさらに下る。

途中、小さな滝が流れるところで休憩することにした。

水を触ると、異様に冷たい。靴下を脱いで足を浸すと、あまりの冷たさに、

「痛い痛い！」

と叫んでしまった。

しかし、この冷たさならぬるくなったジュースが冷えるのではないか。

試しにザックからジュースを出し、しばらく沢水に浸けておくと、ほんの数分の間にとても冷たくなった。

なんという、アルプスの力！

飲むと、全身が生き返るようなうまさだ。

力のみなぎった私は調子よく下山し、わさび平小屋までたどり着いた。


ここからはもう登りはない。ほぼ平坦な道だ。

この小屋は売店が扱うメニューも種類豊富で、お風呂もあり、なにより私の大好きなブナの森に囲まれている。

小屋の前にはブナの森が生んだきれいな小川があり、そのまま手ですくって飲める。

名物のそうめんをいただきながら森や小川を眺め、ゆっくり休憩をした。


しかし、ここから最後までが長かった。

行程では、新穂高温泉まであと一時間なのだが、ほっとしたのか、三泊縦走の疲れがここに来て一気に襲ってきた。

進めど進めど、なかなか温泉出口が見えない。

何度も立ち止まって、行きの新幹線でおばさまに習ったポールでザックを支える休憩を取り、疲れをごまかす。

今から登る人に、

「温泉口は、あと何分ですか」

と聞くと、

「もう、すぐそこですよ」

と言う。

しかし、こういう時の「すぐそこ」は、だいたい嘘である。

まだ歩き始めの人と、下山中の疲れ果てた人間との時間の感じ方には、大きな差がある。

途中、岩から冷たい風の出てくる風穴《ふうけつ》に最後の元気をもらい、どうにか新穂高温泉登山口に到着。


その日泊まる新穂高温泉の民宿に着いて、私の山旅は終わった。


その日の民宿は築二百年の古民家を再利用した宿で、風格がありとても素晴らしいところだった。

夕飯も、地元名物の朴葉《ほおば》味噌など元気の出る味がとてもおいしく、大満足で部屋に戻った。

かなり疲れていたのだろう。

いつもは四日くらいに分けないと飲みきれない炭酸飲料を、生まれて初めて一気飲みした。

染み入るうまさだ。

ふう、これで、私もいっぱしのクライマーだな。

険しい岩稜《がんりょう》を制したわけでもないのに、私は達成感でいっぱいだった。

自分史上最長の山旅を無事終えられたのである。自分の中では、もう立派なクライマーだった。

私は、昨年槍ヶ岳で出会った蔵野さん夫妻に電話した。

実は蔵野さんとは、槍ヶ岳のあともＬＩＮＥなどでやり取りし、私は蔵野さんに「雲ノ平にいっしょに行けたらいいですね」と誘われていたのだ。

しかし、鹿児島と東京、日程を合わせるのも難しく、旅の実行を例によって最後まで疑わざるを得ない私は、蔵野さんには黙ってぬけがけ登山をしたのだ。

「実は今、雲ノ平登山を終えて、岐阜の民宿にいるんです」

と私が伝えると、蔵野さんは驚きながらも祝福してくれた。

「また一人で行ったんですか。すごいなあ」

蔵野さんはそう言ってくれたが、私に言わせたら彼女ら夫妻のほうが余程すごい。

槍ヶ岳のあと、実は蔵野さん夫妻は鹿児島マラソンに参加したいと、鹿児島に来てくれたのだ。

マラソンかあ、すごいなあ、と思い、ゴールで夫妻を待った私は、二人が三時間台で帰ってきたのに驚いた。

聞けば夫妻は、有名な山岳トレイルレースなどにも参加するという強者だった。

蔵野さんは電話で、今、奥さんの実家の新潟にいると言った。

そして私の、明日の飛行機の時間を聞いてきた。どうやら見送りにくるつもりらしい。

「いやいや、そんな、遠いよ……」

私は遠慮したが、フットワークの軽い二人は、翌日、本当に新潟から羽田まで、車を飛ばしてきてくれた。

ひょっとして走ってきたんじゃないか、と冗談で思ったが、二人とも普通の服を着ている。

お互いに笑顔で再会し、私は旅のことを簡単に話した。

すると蔵野さんが、

「これ、お土産です」

とにっこり笑って私に袋を手渡した。

ずっしり重い。

「新潟の、お米」

蔵野さんは、にこにこ笑う。

「……」

登山前に、石。

登山後には、米。

一瞬、皆、何を考えてるんだろう……、と思ったが、どれも愛。愛しい贈り物だ。

私は可笑しくなって笑った。


再びの再会を約束して、私は機上の人に。

のりちゃんがくれた小瓶から富山の小石を取り出し、テーブルの上でしげしげと眺める。

長い時間をかけて滑らかに磨かれたその石が、とても愛しく思えた。

新潟のお米か。おいしいだろうな、炊くのが楽しみだ。

下界を眺めながら、私は夕飯のことを考えた。


数日後、私は母のいる施設に向かった。

「山に行ってきたよ。すごいとこだった」

車椅子の母に、報告する。

母は、もう言葉は話せない。認知の上に失語症も重なっていた。

しかし、私が行くと嬉しそうな顔をする。

何かしら、知っている人間だと思っている感じだ。

横に座ると、母は、私の腕に自分の手をのせて、子どもをあやすように優しくとん、とん、とした。自分の子どもだと認識しているのだろうか。

私は母に言いたいことがあった。

「お母さん、お母さんの料理はおいしかったよねえ」

母は、うん？　というような顔をしている。

私はよく聞こえるように、母に顔をよせた。

「お母さんは、今まで一体何個のお弁当作ったかなあ。千個かなあ、二千個かなあ。すごいよねえ、いっぱい、いっぱい作ったよねえ」

「ほおおおお」

母が少し声を出した。

「お母さんのコロッケはさ、めちゃくちゃおいしかったよねえ。肉がさあ、お母さんのはひき肉じゃなくてさあ、豚肉を小さく切って入れてあってさあ、あれが、すっごくおいしかったよねえ!」

私がそう言うと、母は、興奮したように、

「ほおおおおお!」

と叫んだ。目には、少し涙が浮かんでいた。

「また来るね」

私は、言いたかったことを言って満足し、施設をあとにした。

外は、まだまだ暑い。


そして、そのあと三年、新型コロナウイルス感染症の影響で、私は母からも山からも、遠ざかることになる。

つづく

あとがき

この本に書いた山旅は、屋久島については二〇一〇年から、二〇一五年まで。アルプスに関しては、二〇一七年から二〇一九年までの記録です。

山での経験はそう多いほうではありませんが、旅で出会った素晴らしい景色や素敵な人々との出会いを、自分の胸の中だけにしまっておくのはもったいなく、今回このような形で、一冊の本にまとめることにしました。

旅の記憶をたどりながら原稿用紙に向かうと、自分でも驚くほど当時の記憶が鮮明に甦り、まるでもう一度登山をしているかのようにわくわくしました。

このわくわく、読者の皆さんにも届いていたら嬉しいです。

もちろん、家族との悲しい思い出を書くときは、書いていて思わず涙が出ることもありました。しかし、こうして一冊の本にまとめてみて最後に込み上げる思いは、今までに出会った人々と自然への感謝の気持ちです。

迷いながらも書き上げて良かったと思います。

この本を書くにあたって、たくさんのアドバイスをくださった幻冬舎の皆さんに感謝申し上げます。

そして、いつも楽しく私を外に送り出してくれる家族、天国の父と母、私に読書の素晴らしさを教えてくれた中学時代の友人に、この本を捧げます。

二〇二三年四月　岡村孝子『今日も眠れない』を聞きながら

小梨里子

[著者紹介]
小梨 里子（こなし・さとこ）
鹿児島県南さつま市出身
高校生、小学生の息子二人、夫の四人家族
屋久島に五年住んだのち、現在鹿児島市内に在住

屋久島《やくしま》、そして雲ノ平《くものだいら》へ

2023年8月1日　第1刷発行

著　者　　小梨里子
発行人　　久保田貴幸

発行元　　株式会社 幻冬舎メディアコンサルティング
〒151-0051　東京都渋谷区千駄ヶ谷4-9-7
電話　03-5411-6440（編集）

発売元　　株式会社 幻冬舎
〒151-0051　東京都渋谷区千駄ヶ谷4-9-7
電話　03-5411-6222（営業）

印刷・製本　中央精版印刷株式会社
装　丁　　杉本萌恵

検印廃止

Printed in Japan
ISBN 978-4-344-94510-4 C0095
幻冬舎メディアコンサルティングＨＰ
https://www.gentosha-mc.com/